徳間文庫

幽霊物語 上

赤川次郎

徳間書店

目次

幽霊誕生

「今夜は幽霊が出やすいのでご注意下さい」

もし、こんな〈幽霊予報〉なんてものがあれば、確実に注意報の出そうな夜であった。

霧が、珍しく都心をスッポリと包んでいたのである。人々は、何となく不安げに、家路を急いでいた。別に、霧だからといって、昔のロンドンのように、「切り裂きジャック」が出て来るわけでもあるまいが、それでも、見通しがきかないというのは、不安を与えるもののようである。

高速道路も、とっくにラッシュの時間は過ぎていたのだが、霧のために徐行運転を余儀なくされ、車はノロノロと進んでいた。

だが、中には無茶な例外もあって……。

「もっと飛ばせ！」

と、山岡重治は怒鳴った。「ジャンジャン追い抜いて行け！」

「社長、無理ですよ」

運転手は抵抗を試みた。

「何が無理だ！」

「この霧です！　危険ですよ、スピードを出すのは」

山岡はちょっと黙った。諦《あきら》めたのかと思えばさにあらず、山岡の場合は、この「沈黙」が怖いのである。

「お前は何で給料を取ってるんだ？」

と言い出す。

「はあ。――車の運転ですが」

「そうだ。つまり運転のプロだろう。霧でノロノロ走るのがアマチュアなら、プロは当然違うはずだろう。アマと同じことしかできんのなら、給料はいらんと言うのも同じことだな」

そんな無茶な、と言いたいのを、運転手はぐっと呑《の》み込む。ともかく、「クビ」と一言言われれば、おしまいなのである。

山岡重治は、やっと四十になったばかりの実業家である。

三十五歳で、父の会社を継いでからは、正にマスコミでも「奇跡を起こす男」とあだ名をつけられるほどの勢いで、各方面に事業を拡張して来た。

仕事ぶりには、多分にヤマ師的なところもあったが、それも成功すれば文句を言う者もない。「勝てば官軍」とは古い言い回しであるが、正に山岡の行くところ、敵なしという状況だった。

初めの内は、冷ややかに見ていた同業者たちも、今では山岡のご機嫌を伺いにやって来る始末だ。

大柄で、胸も厚く、日本人離れした体格。押出しの強さ、商売の強引さ。――新時代の経営者、とマスコミは呼んでいた。

それだけに、山岡のスケジュールは分刻みで詰まっていた。だから、霧で目的地へ着くのが遅れるのには堪えられなかったのである。

「分りました」

運転手は、良心よりは給料の方を取って、アクセルを踏んだ。――突然、目の前に、巨大なトラックが現われた。

トラックが車線を変更したのを、霧とカーブのために、運転手が見逃していたのであった。

ブレーキは踏んだものの、とても間に合わなかった。もちろん大型の乗用車ではあったのだが、向うは十トン積のトラックである。しかも、鉄材を積んでいて、衝突と同時に、それが山岡の車の上に崩れ落ちて来た。

山岡の車は、一瞬の内にスクラップと化していた。

更に、悪いことに、後続の車は、免許取りたてのドライバーが運転していた。

大音響と、火花が飛び散るのが、霧の幕を通してもはっきりと分った。あ、事故だ、と思った。

「大変だ、事故だ。どうしよう？　こういうときはどうするんだっけ。――そうだ、非常用電話で通報しなきゃ。追突を避けるために発煙筒をたいて――」

しかし、この初心者ドライバーは、その前にブレーキを踏むことを忘れていた。従って、当然のことながら、山岡の車の後尾へ、もろにぶつかったのである。

結果として、山岡の車は、完全に破壊されてしまった。

よく、外国映画で、車がぶつかると、すぐに大爆発を起こす場面があるが、普通はそう簡単に燃えるものではない。

しかし、この場合は、運悪く、流れ出したガソリンが燃え始め、それこそアッという間に炎が山岡の車と、その後ろの小型車を包んでしまった。

幸い、その後の車は数メートル手前で停止し、事故はこれ以上拡大しなかった。さらに何台かの車が停って、消火器などを手に駆けつける。一人が電話へと走った。

――しかし、ともかく少々のことでは、手の施しようのない事故だった。

トラックの運転手は、フロントガラスに頭をぶつけて額を切っていたが、ともかくも軽傷で外へ飛び出し、命拾いをした。

山岡の車の運転手はほぼ即死。給料ももらいそこねた上、命まで捨てることになってしまった。

追突した小型乗用車のドライバーも、車が火に包まれ、逃げ遅れて死んだ。この男性の場合も、新婚早々で、奥さんが妊娠中という悲劇的状況であったが、こちらのドラマは一応無視することにする。

そして山岡自身は……。

山岡は目を開いた。——一体何が起ったのだろう。

最初に目に入ったのは、赤い火の塊だった。それが車——自分の車だと分るまで、しばらくかかった。

トラック、そして火に包まれた二台の車。山岡にも、いやでも事情は分った。——衝突。少々非情なようだが、山岡がまず考えたのは、自分が死ななくてよかった、ということであった。

それにしても、よく助かったもんだ、と山岡は思った。

憶えているのは、運転手が何か叫んだこと、ブレーキが鳴って、続いて、凄《すご》いショックで体が飛び上ったこと……。

そこまでである。その後のことは一向に記憶がない。

しかし、ともかくこうして車を外から眺めているのだ。何とかして逃げ出したに違いない。――よくやったぞ。

山岡は自分を賞《ほ》めてやった。ともかく、こんな所で死ぬわけにはいかないのだ。

体のどこにも、痛み一つないのは、不思議だったが、今は興奮していて感じないのかもしれない。

何人かのドライバーが車の周囲に集まって来ていた。

「――こりゃ全員死亡だぜ」

と一人が言っている。

「ひどいね。どうにもならんよ」

「おい、トラックの運ちゃんが――」

と誰かが言った。

顔を血だらけにして、フラフラと歩いて来たのが、それらしい。二、三人が駆け寄って、

「大丈夫か?」

「そこへ寝かせろ!」

「すぐ救急車が来るからな!」

と口々に言っている。

「もう大丈夫だぞ。――よし、切り傷だけだろう」

「よかったな、助かって。後の車は全滅だよ」

山岡は、その運転手の方へ歩いて行って、覗《のぞ》き込んだ。——血がいく筋も顔を流れ落ちている。

山岡はあわてて目をそらした。

怖いものなしの山岡だが、血を見るのが苦手なのである。これぱかりは生れつきの性質らしい。

「——おい、サイレンだ」

「早かったな。誰か止めろよ」

「この火を見りゃ、すぐ分るよ」

大分、集まったドライバーたちも落ち着いて来たようだ。中には、

「俺《おれ》、急ぐんだけど……」

などとブツブツ言っている者もあった。

消火班が火を消しにかかっていた。パトカーがやって来て、警官が写真などを撮っている。

「誰ですか、通報者は」

と大声を出す。

「私です」

とドライバーの一人が手を上げた。

「ええと——事情はどんな風でした？」

「いや、僕は見てないですよ。停車したときは、もう火に包まれてて」

山岡は、咳払《せきばら》いをして、進み出た。

「あの——私の車なんですが、事故にあったのは」

と言ったが、なぜか、警官はそっぽを向いたままである。

「誰か事故を見た人はいませんか」

警官が大声で言った。

山岡はもう一度、

「失礼」

と言った。「事故の当事者ですが——」

だが、警官の方は、一向に気付かない様子だった。

「困るなあ、誰も見てないんですか？」

と顔をしかめる。

そこへ、トラックの運転手は生きているよ、と誰かが言ったので、ホッとした様子で、

「そいつは良かった！　これで報告書が書ける」

どうやら、助かったのが「良かった」のではないらしい。山岡は少々呆《あき》れてしまった。

警官は、まだ道路に寝かされている運転手の方へ行ってしまった。

「やれやれ……」

どうなってるんだ？　山岡は、ふてくされて、道端に坐《すわ》り込んだ。

非は全面的に山岡にある。しかし、運転していたわけではないのだから、山岡が黙っていれば、責任は運転手にある、ということになるだろう。

運転手には悪いと思ったが、そういうことにしておこう、と決心した。ここで、山岡が車を急がせたのだと分れば、マスコミや、今は口をつぐんでいる敵たちが、一斉に自分を非難することは分り切っていた。

ここは運転手の責任ということにして、そのまま逃げてしまおう。その代り、遺族の面倒はみる。

そういう点、山岡は決して、非情な経営者ではなかった。部下たちが、目のまわりそうな忙しさに堪えてついて来るのは、山岡にも、一種の「親分肌」的な魅力があったからなのである。

救急車も来て、けがをした運転手を運んで行く。山岡も一緒に行こうかと思った。いくら自覚症状がないといっても、これだけの事故に遭ったのだ。一応、検査してもらった方がいい。

救急車の方へ歩いて行くと、

「すみませんが」

と声をかけた。「私も事故にあったので、乗せていって下さい」

ところが、担架をつみ終ると、救急隊員は、

「よし！　いくぞ！」

と怒鳴って、扉を山岡の目の前でバタンと閉めてしまった。

「おい！　ちょっと——」

と山岡は言いかけて、あわてて横へ飛んだ。

救急車が、彼の方へとバックして来たからである。——危いじゃないか！

山岡は、ぐんぐんバックして来る救急車から逃れようとして、中央分離帯の上に飛び上った。そして、バランスを失うと、対向車線の方へ転がり落ちてしまったのだ。

山岡は、急いで起き上った。

「畜生！　何だ、あの救急車は！」

と、怒鳴る。

人を助ける救急車が、ろくに後ろも見ずにバックするとは。訴えてやるぞ！

山岡は、いきなり対向車線に入っていたので、一瞬、方向の感覚が混乱していた。車が来るのと逆の方へ、目を向けていたのだ。

走り去る車のテールランプが見えた。——そうか、逆の方から来るのだ。

振り向いた山岡は、愕然《がくぜん》とした。自分の方へ、真直ぐにヘッドライトが迫って来る。

——だめだ！

よける間もない。せっかく、あの大事故で助かったのに！

ヘッドライトは目の前に迫った。宙へはね上げられる——と覚悟した。

だが……次の瞬間、何だか妙なことが起ったのである。

何かが、体の中を通り抜けて行く感覚があった。痛くも何ともない。ただ、ヒュッと風が吹き抜けるようで……。

そして、車は、山岡の後ろへ、走り去っていた。

山岡は、しばしポカンとしていた。自分の目が——いや、目も耳も、頭も、信じられなかった。

今起ったことは、事実なのだろうか？

そんなことがありうるのか？

だが、確かに車は彼にぶつかり、そして、駆け抜けて行った。それを疑うことはできなかった。

「まさか……」

と、山岡は呟《つぶや》いた。

もう一度、中央分離帯へ上り、まだ燃えている車の方を眺める。

「死者は？」

と声がする。

「真中の車に、運転手と、乗客一人。後ろの車はドライバーだけだ」

と、返事があった。

真中の車に、「乗客一人」?——ということは、自分の他に誰かが乗っていたのだろうか?

そんなはずはない! 自分は一人だった。隣には誰もいなかったのだ。

山岡は、車の方に近づいてみた。火の熱さを、なぜか感じない。中を覗き込んでみる。

恐怖で、体が震えた。——そこに、黒こげの死体があった。もちろん、見わけはつかない。

しかし、上着につけたバッジ、指環、そして腕時計。形の見分けられるものは、いずれも見憶えがある。

自分のものだ。あれは——あれは——俺なんだ!

山岡はよろけた。そしてガクン、とその場に坐り込んでしまった。——俺は、死んでしまったのだ!

初体験

人間は、中途半端に意外なことよりは、突拍子もないことの方を、すんなりと受け容《い》れてしまうものだ。

山岡は、それまで、「死後の世界」などというものを信じてはいなかった。ともかく、宗教っ気などは、まるでなかったし、何事につけても、理想よりは現実を重んじる人間である。

そんな山岡としては、他《ほか》ならぬ自分が、幽霊になって存在している(?)ということは、何としても皮肉なことに思えた。しかし、ともかく、これは現実なのだ。

いや、現実、というのは妙な言い方かもしれないが、夢を見ているのでないことは、はっきりしている。――そうなると、山岡は、この事態を嘆き悲しんでいても仕方ない、と考えていた。

といって、どうしたらいいものやら、何しろ幽霊としては「新人」である。とんと見当もつかない。

山岡は、しばらく、道路に坐《すわ》ってぼんやりと、車の火が消され、レッカー車や何かがやって来て、片づけられるのを眺めていた。

道は、もちろん通行止で、ずっと車が長蛇の列をなしている。申し訳ないことをしたな、と山岡は思った。

運転手にしても、だ。自分が、あんな風に急がせなければ、こんなことにはならなかったろう。そして、もう一台、追突した車のドライバー。

自分の一言が、三人の人間の死を招いてしまった。自分は仕方ないとしても、他の二人にも家族はあり、子供もいただろう。――だが、もう取り返しはつかない。

運転手や、もう一人のドライバーも、その辺で幽霊になっていたら、謝ろうと思ったが、見当らない。

自分一人がこうなってしまったのだろうか？　その辺のルールは、山岡にもよく分らない。

やがて、焼けた車がわきへよけられ、車が通り始めた。――後の処理に、まだ時間はかかりそうだ。

少し落ち着いて来ると、大きな問題が頭に浮かんで来た。これから、どうなるのか、ということである。

ともかく世間的には、自分は死んだことになるのだろうから、我が身の心配さえしていればいいということになる。だが、ここからどうやって移動すればいいのか？　歩いて家へ帰るには、丸一日はかかるだろう。幽霊も、くたびれたり、お腹が空《す》いたりするのだろうか？　見当もつかない。

ふと、考えたことがある。確かに自分は何かに触れても、スーッと素通りしてしまうようだが、こっちには、多少抵抗がある。——そうでなければ、こうして高速道路の上にも立っていられないわけだ。

なるほど、これは理屈に合っている、と山岡は思った。

山岡は、一つためしてやろう、と思った。

車に飛び乗ってやるのだ。うまく行けば、タクシー代も払わずに、乗りついで好きな所へ行ける。

しかし、高速道路だから、車は大体六十キロぐらいは出している。しかも、さっきより大分霧が薄れていて、どの車もスピードを上げて走っていた。

いくら身の軽い幽霊でも、時速八十キロの車に飛び乗るのは容易ではなかった。都合良く、一台が端に寄って停車した。

山岡は、急いで近寄ってみた。ごく普通の乗用車で、親子三人が乗っている。

どうやら、子供がオシッコと言い出したので、仕方なく停めたらしい。母親が子供と一緒に車を出て、道の端へと連れて行く。山岡はその間に、車の中へ入った。

若い夫婦だ。子持ちにはとても見えない。ペアルックのTシャツ、ジーパンというスタイル。

「——さあ、もういいわよ」

母親は、山岡のいる後ろの座席に乗って来ると、「少し眠いのよ、きっと」

と、子供を抱いて坐った。

車が走り出す。

山岡は、後に取り残されることもなく、座席に落ち着いていた。

「反対側、ずいぶん混んでるわね」

と、母親が言う。

「事故だよ。さっき停った所で、何かやってたじゃないか」

「そう？　気が付かなかった」

「かなりひどかったよ。あれは死亡事故だな、きっと」

「いやねえ」

と、子供を腕の中で少し揺らしながら、「死んじゃったらおしまいなのにね。どうして急ぐのかしら」

「霧のせいじゃないのかな。かなりひどかったもの、さっきは」

「それにしても……。いっそみんな死ねばともかく、もし私一人で生き残ったりしたら、きっと気が狂っちゃうわ」

「おい、縁起でもないことを言うなよ」

と、運転席の夫が笑った。

山岡は、眠りに落ちつつある子供の顔を、じっと見ていた。――そうだ、死んだらおしまいなのだ。

これまで、自分が築き上げて来たすべては、無に帰してしまった。こうして、平和な、平凡な母親と子供を見ていると、山岡は、胸をしめつけられるような気分になった。

死にたくなかった……。

もう、手遅れだが、いや、それだからこそ、山岡は痛切に思った。

「死にたくない！」

と……。


――山岡は、我が家の前に立った。

何台か車を乗り継いで、やっと辿《たど》り着いたのである。もうそろそろ十二時を過ぎるころだった。

山岡は中へ入ろうとして、ためらった。妻や子が、果して自分に気付くかしら、と考えたのである。

いや、おそらく気付かないだろうが、何といっても、山岡は幽霊としては新米だ。現実との関り合いがどうなっているのやら、見当がつかない。

しかし、いつまでも表でうろうろしているわけにはいかないので、思い切って玄関の方へ歩いて行った。つい、手が無意識にチャイムへのびる。

試みに押そうとしてみたが、空《むな》しく、指はそこを通り抜けるばかりだった。

仕方ない。——山岡は玄関のドアを通り抜け、中へ入った。

静かだった。玄関も明りは消えている。もう、みんな寝たのだろうか。

山岡の家には、妻の祥子と、十一歳の長男悟、それに八歳の娘、恵子がいる。他に手伝いの女の子が一人、泊り込んでいた。

山岡が留守がちなので、危険だということもあって、防犯システムは設備が整えてある。

しかし、いかに万全のシステムも、幽霊までは感知できないようだ。

廊下を歩いて行くと、居間に明りが点《つ》いているのが見えた。

「まだ起きてるのかな」

と山岡は呟《つぶや》いた。

覗《のぞ》き込んでみると、妻の祥子が、ソファに坐ってTVを見ている。——ビデオにとった映画を見ているのである。

どうやら、自分が死んだことは、まだ知らされていない。おそらく、車も死体も黒こげで、身許《みもと》が分らないのだろう。

山岡は居間へ入って行った。祥子が、自分の方を見たので、山岡はギョッとした。

だが、それはただの偶然だったようだ。

祥子は、立ち上ると、サイドボードの方へ歩いて行った。ウイスキーを取り出すと、グラスに注いでいる。

山岡はびっくりした。祥子が、酒を飲むことがあるとは、知らなかったのである。

祥子は三十八歳になる。年齢のわりには若々しい。もちろん、生活に余裕があるせいでもあろうが、元来、いくつになっても、お嬢さんくささが抜けきらないところがある。

こうして、ワインレッドのカーデガンをはおり、寛《くつろ》いでいるところは、やっと三十歳といってもおかしくなかった。

だが、酒を飲むようになったとは、知らなかった。——いつからだろう？

祥子がグラスを手にしたとき、電話が鳴り出して、山岡は飛び上るほど、びっくりした。

「こんな時間に……」

電話の音に顔をしかめて、祥子は呟いた。火をつけかけたタバコを灰皿に置いて、鳴り続ける電話へと歩いて行く。

きっと、自分の死の報せだろう、と山岡は思った。

「——はい、山岡です。——あら、三宅さん」

三宅は、山岡の秘書の一人である。

「――三宅さん、今、何て言ったの？」

祥子が青ざめた。

「主人が――あの人が？」

祥子は、受話器を握り直した。「事故って……確かなの？」

どうやら、事故の報せは、秘書の三宅のところへ、まず行ったようだ。おそらく、車のナンバーから、会社の名前が分ったのだろう。

「――どうすればいいの？　――ええ、分りました。すぐに仕度して――」

祥子は何度も肯《うなず》いた。「三十分後ね。分ったわ。――三宅さん、どうかよろしくね」

電話を切ると、しばし、祥子は立ち尽くしていたが、やがて、急いで居間から出て行った。ＴＶが、点けっ放しになっている。

祥子は、お手伝いの娘を起こして来た。自分は二階へ行って仕度をして来る。黒ではないが、紺のスーツを着ていた。

ふと、こんなときながら、山岡は祥子を美しいと思った。改めて、妻に見とれた。

やや青ざめて、厳しい表情の祥子は、奇妙な色っぽさを感じさせたのである。

どうやら幽霊にも欲望というものはあるとみえる。

「じゃ、照子さん、また電話しますから、よろしくね」

と、祥子は言って、「——車が来たようだわ。もし子供たちが起きてきたら、ともかく朝までは黙っていてちょうだい。寝かせてやってね」

「かしこまりました」

と、照子が、パジャマ姿で言った。

まだ半分寝ぼけ顔である。二十歳そこそこの肉付きのいい娘だ。山岡も、時には、ちょっと抱いてみたいと思うことがあった。

しかし、残念ながら、その機会のない内に死んでしまったわけなのだが……。

祥子が表に出るのについて行くと、三宅がハイヤーのドアを開けて待っていた。

小太りで、およそ切れる感じではないが、なかなか有能な男だ。律儀で、今でもちゃんと三つ揃《ぞろ》いにネクタイをしめて、このまま出社できる格好である。

「三宅さん、間違いはないの？」

と、祥子が訊《き》いた。

「どうやら……。ともかく、警察の方では待っていますので」

「分ったわ」

祥子は肯いて、ハイヤーに乗り込んだ。

三宅は助手席に乗る。ハイヤーが走り出すのを、山岡はじっと見送っていた。一緒に行く気にはなれない。

家の中へ戻ってみると、照子がソファで居眠りしていた。若いのだから、無理もない。生きていたら、この若々しい体に襲いかかっていたかもしれない。

山岡は、急に、孤独を感じた。――寒々とした風が、自分の体を吹き抜けて行くようだ……。


山岡は、自分の部屋へ入った。

つい、明りを点けようとして、苦笑した。全く幽霊というのは不便なものだ。

暗いままの書斎で、ゆっくりとソファに腰をおろす。ソファが沈む感触はないので、何だか妙である。

ここは、自宅での会議に、いつも使っていた。特に秘密を要する会合や、打ち合せには、この部屋を使うようにしていたのだ。

どんな高級料亭でもレストランでも、他人の耳が全くないわけではない。それならば、自宅で、というのが、山岡の考えだった。

書斎とはいっても、ここで本を読んだり、思索に耽《ふけ》ることは、めったになかった。大体、山岡はそういうタイプではないのである。

常に、行動あるのみ。これが、山岡の人生哲学だった。それが、山岡の成功の第一の要因だったことは確かである。

本や思索などは、一文にもならない。そして、金にならないことは、山岡の興味をひかなかった。

その点では、山岡は従来の日本の経営者に多いタイプ——年齢《とし》を取ると、やたら人生訓を垂れたがる連中とは違っていた。

人生訓や道徳を説くのに、経営者ほど不適格な人種はいない、と山岡は思っていた。金になることなら、必ず一考し、違法すれすれの商売も、ためらわずにやった。

それを「よそ行きの顔」でごまかさないだけ、山岡は正直であったのかもしれない。

ドアが開いて明りが点いた。入って来たのは照子である。

何をするのか、と見ていると、欠伸《あくび》をしながら、テーブルにのせてある週刊誌をめくり始めた。眠気ざまし、というわけだろう。

一冊、パラパラとめくって、ひょいと放り投げたのが、勢い余ってソファのわきへと滑り落ちた。

「あーあ」

と、ため息をついて、立ち上り、ソファを動かして週刊誌を拾い上げた。

「——きゃっ！」

と声を上げたのは、ソファに押されて、小テーブルがひっくり返ったせいだった。

「もう、やんなっちゃう！」

のせてあった、重い青銅の花びんが、転がっている。中に水が入っていなかったのが幸いだった。

山岡は、その様子を、微笑《ほほえ》みながら眺めていたが、ふと、転がっている花びんの底に目を止めた。

「あれは……」

と、そばに行って、かがみ込む。

重い花びんの底に、小さな、四角い箱が貼《は》りつけてある。——山岡は、目を疑った。

あれは、ＦＭを使った盗聴機だ！

この書斎に盗聴機が？　山岡は愕然《がくぜん》として立ち上った。

裏切り

山岡は、照子が、ため息をつきつき、青銅の花びんを、よっこらしょと小テーブルにのせるのを眺めていた。

ショックだった。——誰かが、この部屋に盗聴機を仕掛けていたのだ。

しかし、一体誰がそんなことをしたのだろう？　今の様子からみて、照子でないことは確かだ。もし彼女なら、落ちた拍子に具合がどうかなっていないか、確かめるぐらいのことはしただろう。

照子は、花びんの底に取り付けられた箱に、チラリとも目をくれはしなかった。——いや、照子ではない。

片付けを終えると、照子は、また週刊誌をめくり始めた。

電話があったらどうするんだ？　ちゃんと居間に待機していなくては仕方あるまい。

そういう点には、およそ気の付かない娘なのである。

ドアが開いて、山岡は、一瞬ギョッとした。理由もなく、何だか自分自身が入って来たのではないか、という印象に捉《とら》えられたのだ。

だが、そこにいたのは、娘の恵子だった。スヌーピーのパジャマを着て、目をパチクリさせている。

子供の割には耳ざとい方で、きっと今の物音で目を覚ましてしまったのだろう。

「あら、恵子ちゃん、どうしたの?」

照子が顔を上げて言った。

「ママは?」

と、恵子が言った。

「ママはお出かけ。ちょっと——急にご用ができたのよ」

「ふうん」

と恵子が分ったような分らないような顔をする。

「さあ、まだ夜中よ、眠らないと。——一緒に行ってあげようか?」

「いいよ、平気」

と恵子は歩きかけて、「パパは?」

と訊《き》いた。

「パパ?——うん、パパは——その——」

照子がうまい返事が見付からない様子で、口ごもっていると、恵子は、

「お仕事でしょ。分ってんだ」

と、一人で歩いて、行ってしまった。

全く、生意気になったものだ。――山岡は、不思議な感慨に捉えられていた。

自分がいなくなって、恵子や悟たちはどうなるだろう？　いや、経済的には困らない程度の貯えが充分にあるとして、それ以外の、父と子の絆《きずな》などはどうなるか。

そう考えてみて、山岡は、苦笑した。もともと、自分に子供との時間はあったのだろうか？

仕事、仕事で、駆け回るだけの日々だったのではないか。――ふと、山岡の胸が痛んだ……。

照子も出て行って、山岡は一人になった。

いや、ゼロになった、と言うべきなのだろうか。

照子は、書斎の明りを点《つ》けたままにして行った。だらしのないことだ。もっとも、今の山岡にはありがたかったが。

ゆったりとソファに坐《すわ》り、山岡は、書斎の中を見回した。――あの盗聴機が気にかかる。

もう死んでしまったのだから、どうでもいいようなものだが、やはり気が済まない。

この書斎に、そんな物を仕掛けることができたのは、ごく限られた人間しかいないはずである。いや、出入りすることは、たとえばこの家を訪れた客なら、家人の目を盗んで、素早くやれないことはない。

だが、この部屋に盗聴機が仕掛けてあるということは、ここで、重要な会合が開かれるのを知っていた人間の仕業だということである。そうなると、ごく限られた人間しか、いないはずなのだ。

やらせたのは、おそらく、どこかの対抗企業か、そこに依頼された、その手の人間だろう。

畜生め、と舌打ちした。——やられたこと自体は、こっちの油断である。仕方ない。

ただ、これを仕掛けたのが、社の中枢の幹部に違いないことが、山岡を悔しがらせた。

一体どいつだろう? 副社長か、専務か、部長の内の誰か……。

それ以外の人間は、ここへ入ってはこられないはずなのである。

大体、自宅に呼ぶ人間は限られているし、一般の社員たちは、この家の場所も知らないだろう。

玄関の方で、物音がした。

山岡は、立ち上って廊下へ出た。ドアを開ける必要がないのに、つい手がノブへと伸びてしまう。

「——社長のことを三宅君から聞いて」

と、玄関から入って来たのは、副社長の大崎である。「どんな風だって？」

照子に訊いても分るはずがない。

「今、奥様、警察へいらしてんです。上ってお待ち下さい」

と、ポケッとした顔で言った。

「ああ──そう。そうだね。そうしようか」

大崎は、ネクタイもひん曲り、あわてて飛び出して来たのが一目で分る。

照子は、大崎を居間へ通して、

「お茶をお持ちしましょうか」と訊いた。

「うん。──ああ、できればコーヒーがいい」

照子は、面倒くさそうに顔をしかめたが、さすがに仕方ない、という様子で、台所へ姿を消した。

山岡は、しきりに爪《つめ》をかんでいる大崎を、少し離れた所で見ていた。──一見、役人風の真面目人間で、頭の固い男だが、命令には忠実なタイプだ。大崎は、思い付いたように、電話へと駆け寄った。

大崎は、ひどく焦っているらしかった。

プッシュホンのボタンを、何度も押し間違えている。

副社長として、山岡の意のままに動かすにはちょうどいい男だが、自分で人を動かすというタイプではない。一生副社長で終ることだろう。

少し禿《は》げ上った頭を、汗で光らせている。

——どこへ電話しているのだろう？

「早く出ろよ。……何やってるんだ」

と、苛々《いらいら》している。

無茶な奴《やつ》だ。一体何時だと思っているのか。

「——ああ、多木君のお宅？　副社長の大崎です。——夜分すみませんが、緊急事態でね。多木君を電話に。——そう、急いで」

多木か。

山岡には、ちょっと意外な相手だった。

多木は営業部長である。どちらかといえば、山岡とはよく衝突する方だ。

もちろん山岡の命令には従うが、不平不満も色々ある男だった。もっとも、面と向って山岡に文句を言う男は少ないので、山岡としては一目置く存在ではあった。

「——やあ、多木君か。すまんね、夜中に」

と大崎が言った。

山岡は、大崎のそばへ行った。多木の声は大きいので、そばで耳を傾けていると、充分に聞こえる。

「――何です、一体、こんな時間に？」

「実はね、事故があったんだ」

「事故？　不良品とか、契約破棄とか？」

「そうじゃない！　自動車事故だ」

「副社長がですか？」

「違うよ。社長だ。亡くなったんだ」

しばらく声がなかった。

「まさか」

と、笑いを含んだ声。「かつごうたってだめですよ」

「本当だよ！　今、社長のご自宅にいる。奥様は警察へ行ってるんだ」

「じゃ――本当に？」

多木は真剣な声になっていた。

「うん。三宅君から連絡が来た。今、幹部に召集がかかっている」

「何てことだ……」

と、多木が息を吐き出した。

「対策を練るなら、早い方がいいと思ってね。君に連絡したんだ」

「それはどうも。――対策というと、何の？」

「もちろん、今後のことじゃないか。君たち反主流派はどう動く?」

「さあ……そう言われても……」

「明日になってからじゃ、もう遅いよ。今夜の内に考えた方がいい」

大崎は声を低くして、「今の幹部連中は、社長なしじゃだめだよ。君のような若手が、社を動かさなくちゃ。——分るね」

「ええ、何とか」

「私が電話したことを憶えていてくれよ」

と、言って大崎は電話を切った。

大崎は、多木部長への電話を切ると、またどこへかけるつもりなのか、受話器を上げ、それから、番号が思い出せないらしく、手帳を出して、めくり始めた。

焦っているせいか、手帳を取り落としたりしている。あれじゃ、大物にはなれない、と山岡は思った。

それにしても、多木への電話は、どういうつもりなのか。

山岡は、大崎が社長の座を狙《ねら》っているなどとは考えたこともなかったので、面食らっていた。いつも、

「私には社長の使い走りが似合っているんですよ」

と、別に自嘲《じちよう》でもなく、言っていた男なのである。

どうやら、多木をたきつけて、社内を二分させようという算段らしい。

「お待たせしました」

と、照子がコーヒーを運んで来たので、大崎はあわてて席に戻った。

砂糖もクリームも入れずに、いきなりガブリと飲んで目を白黒させている。

全く、どうしようもない奴だ。

玄関の方で声がして、照子がため息をつきつき出て行く。山岡は居間の片隅に立って、様子を見ていることにした。

入って来たのは、専務の竹井である。

「おお、早いな」

と、大崎を見て言った。「そうか、君は家が近かったんだ」

「ええ、まあ……」

と大崎は、いつもの、ソツのない態度に戻っていた。

「確かなのか？」

太った竹井は、急いで来たといっても、車に決っているのに、息を切らしていた。

「そのようです」

「フン、世の中は分らんもんだな」

竹井は照子に、「おい、俺にもコーヒーだ！」

と言いつけた。

照子はプイとそっぽを向いたまま、ハイ、と返事をして出て行く。竹井は、他人の家の使用人でも、あたかも自分の家のそれの如《ごと》くこき使って平気である。

竹井は、背広姿ではなく、カーデガンにズボン。きっと品物はいいのだろうが、しわくちゃになっている。

「さて、どうするかな」

と竹井は言った。

「はあ?」

「君のようにのんびり構えてちゃ、椅子取りゲームから弾き出されるぜ。社長の後を継ぐのは誰がいいと思う?」

竹井と大崎はほとんど同期のはずだが、何となく竹井の方が態度が大きい。

「そりゃ、竹井さんしかいませんよ」

と大崎は大真面目に言った。

山岡は吹き出しそうになった。

笑い出しそうになったとはいえ、本当は冗談など言っている場合ではない。

全く、大崎も竹井も、社長の死を悲しむどころか、後のことばかり考えている。——山岡は、腹が立つよりも空しくなって来た。

「もうすぐ北山の奴が来る。例によって、きちんと髪をとかしてな」

と竹井が言った。

「常務ですか?」

「ああ、きっと君に声をかけるぜ。賭《か》けてもいい」

「やめて下さいよ」

と、大崎は笑って、「賭け事は、私の趣味じゃないんです」

「そうだったな。君は昔から、競馬も何もやらなかった」

「臆病《おくびよう》なんでね」

「いや、堅実なんだ。——そう、堅実なんだよ」

と、竹井は自分の言葉に肯《うなず》いて、「しかし、いざ、というときは、思い切ったこともできる。俺はそうにらんでるんだ」

「買いかぶりってもんです」

と、大崎はコーヒーカップを取り上げた。

「——なあ、大崎」

と、竹井は声を少し低くして、「社長の跡を誰が継ぐか。こいつはもめるぜ」

「専務、社長が亡くなったばかりですよ、そんな話は——」

「分ってるとも! 俺だって心の中じゃ、泣いてるんだ」

山岡は、やれやれ、とため息をついた。新派悲劇だな、これじゃ。

「しかし、社長だって、自分の死で、会社の活動がストップすることを望んじゃおられまい」

「そりゃそうでしょうね」

「それに今は、大きな商談を、山とかかえている。すぐに新しい体制をスタートさせる必要があるよ」

「はあ」

「どうだ？　俺につけよ。決して悪いようにはしないぜ」

「そうですね……。しかし……」

「任せとけって！　いざというとき、俺を支持してくれてりゃいいんだ」

「はあ……」

ポカンとはしているが、大崎も、なかなかのタヌキである。

「——北山様ですよ」

と、照子が、だらけた口調で言いながら入って来た。

常務の北山が、竹井の言った通り、このまま国際会議に出てもおかしくない、パリッとした三ツ揃《ぞろ》いで入って来た。

「遅れて失礼」

「いや、君の所は遠いんだろう？　早かったな」

と、竹井が、ちょっと面食らったように言った。

北山は、ちょっとネクタイが曲りかけているのを直して、

「何しろ場合が場合だろう。すぐに家を出て、車の中で着替えて来たんだ」

と言った。

「君の車は洋服ダンスがついているのか」

竹井が言って笑った。

「笑うのは控えた方がいい」

北山は澄まして言うと、「奥様はまだ戻らないようだね」

と、ソファに軽く腰をおろした。

「全く、とんでもないことで――」

と、大崎が首を振る。

「社長も、無茶をする方だったからな」

と北山常務が言った。「きっと、あの霧の中を、運転手に急がせたんだろう」

北山がピタリと言い当てたので、山岡は面白くない。

「大きなお世話だ」

と言ってやった。

「今後のことは――」

と、北山が言った。「我々三人で、力を合せてやって行こうじゃないか」

「もちろんだ」

と、竹井が肯く。「今も大崎君とそう話していたんだ。――なあ?」

大崎が、ちょっとどぎまぎして、

「う、うん。その通り」

と、何度も肯いた。

「まず、明日にでも、全社員に向って、アピールを出す必要がある」

と北山は言った。「でないと、社内が動揺するからね。こうした、ワンマン経営の企業では、そういう危険が特に大きい」

「株価は暴落するだろうな」

と、竹井が言った。

「そうでもあるまい。少なくとも、まだ当分は、社長の立てたプロジェクトで稼げる。問題はイメージだ」

「イメージ?」

「社長は、いわば一種のシンボルだった。それがなくなると、交渉相手への、押しがきかなくなることが予測される」

「それは分るよ」

「それをどこかで補わなくては。——容易なことではないがね」

北山の言葉に、竹井は肯いていたが、やがて席を立って、トイレに行くのか、居間を出て行った。

とたんに、北山が大崎の方へにじり寄った。

「副社長、あの竹井君ですが、何か言いませんでしたか？」

「え？　何か、って？」

「自分で社長になりたがっている。それはもとからです。しかし、あの男はワンマンなタイプだ。竹井君が社長になると、副社長は、まず社にいられなくなりますよ」

「そ、そんなことを言われても……」

大崎が困惑の表情を見せていると、表に車の停る音がした。

常務の北山は、車の音を聞くと、パッと大崎から離れて、いつもの取り澄ました顔つきに戻った。

玄関に音がした。——妻の祥子が帰ったのか、と山岡は思ったが、それにしては早過ぎる。

「どうも、お集まりで」

入って来たのは、三宅だった。「竹井専務は？」

それに答えるように、竹井が入って来ると、

「三宅君、どうだった？」

と、いきなり訊いた。

「どう、とおっしゃいますと？」

「社長だったのか、本当に？」

「はあ。その点は、まず間違いないと思いますが」

「思います、では困るよ」

と、北山が言った。「確実なところが分らなくては、我々としても、動きがとれないんだ」

「そうおっしゃられても――」

「死体を確認したのか？」

「はあ……。ただ、焼けてしまって、とても見分けのつく状態じゃないのでして」

「そうか」

と、北山が肯いた。「しかし、他の人間とは考えられないわけだな」

「はい。車は間違いなく社長の車でした。それに、バッジがついているのが見えました」

大崎、竹井、北山の三人は、顔を見合せた。

「――奥様は？」

と、北山が訊く。

「まだ警察においでです。私もご一緒に、と思ったんですが、奥様が、先に戻っていてくれとのことでしたので……」

三宅が口をつぐむと、誰もが、一種沈痛な表情になった。

「——全くもって、哀しいことだ」

と北山が言った。「まだ、これからというおとしだったのに」

「同感です」

と、大崎が肯く。

「こうなったら、力を合せて、三人でこの危機を乗り切ろう」

と竹井は力をこめて言った。「三宅君、君の力も、あてにしているよ」

「微力ながら、できる限りのことはさせていただきます」

三宅と、三人の重役連は、黙って頭を垂れた。——山岡は呆《あき》れて声も出なかった。

もっとも声が出ても、向うには届かないのだが。

今の今まで、社長の座に、欲をむき出しにしていたくせに、コロリと変って、忠実な臣下に変身である。

最も信頼していた重役たちで、こうなのだ。——平の社員たちはどうだろう?

山岡は気が重くなって来た。

祥子が警察から戻ったのは、もうほとんど朝に近かった。

大崎、竹井、北山の三人と、三宅は、最初の内、「社長の思い出」を話し合っていたが、その内、心にもない追悼《ついとう》の言葉を口にするのも疲れたのか黙り込んでしまった。

竹井などはウトウトしている。照子は、台所の方で椅子《いす》に坐って、こちらは完全に居眠りしていた。

「──そろそろ四時半か」

北山が立ち上って、伸びをした。

「奥様は戻られないんでしょうかね」

と、三宅が言ったとき、外で車の停る音がして、ドアが開いたらしい。

「あれらしいな。──竹井さん、奥様ですよ」

北山につつかれて、竹井が目を覚ますと、あわてて頭を振った。

祥子は自分で玄関の鍵を開けて入って来た。──靴が並んでいるのを見て、客の顔ぶれは、もう察していたらしい。

「皆さん、ご苦労さまです」

と祥子は、一同に頭を下げた。

「どうでした？」

と、北山が言った。「やはり――間違いなく？」

「はい、主人でした」

誰もが、フッと息をついた。失望と落胆のため息のつもりだったろうが、聞いている山岡本人には、安堵《あんど》のため息のように聞こえた……。

「これから、色々ご迷惑をおかけすることになると思います。どうかよろしく」

と、祥子はもう一度頭を下げる。

こんな奴らに、頭を下げることはないぞ、と山岡は怒鳴りたくなった。

「葬儀などの手配一切は、私にお任せ下さい」

と三宅が言った。

「お願いしますよ」

と、祥子は言った。「――照子さんはどうしたのかしら。三宅さん、悪いけど、捜してコーヒーを淹《い》れさせて下さい」

「かしこまりました」

三宅が台所の方へ姿を消すと、祥子はソファにかけた。じっと突っ立っていた三人の重役たちも、一斉に腰をおろす。

「――奥様」

一つ咳払《せきばら》いをして、竹井が言った。「仕事のことはご心配いりません。我々三人、力を合せて、必ず会社を守り抜いてみせますです」

「そうです。今、三人でそう話し合っていたところなのです」

と北山が言った。

「ありがとう」

祥子は、疲れた顔に、かすかな笑みを浮かべた。「会社のことは、葬儀が終るまでに良く考えて下さい。――私にも、ちょっとした考えがあるのですけど……」

祥子はそう言って、三人の顔を、ゆっくりと順に見て行った。

孤　独

祥子は、明け方から二時間ほど眠った。

山岡は、妻が、疲れ切ったようにベッドで眠っているのを、傍に立って眺めていた。どうやら、幽霊は、眠くもならず、腹も空かないらしい。考えてみれば当然のことかもしれない。

幽霊が何か食べようと思えば、食物の方にも幽霊になってもらわなくてはならないわけだ。ハンバーグの幽霊とか、スパゲッティの幽霊というのは、あまり聞いたことがない。

生きて、仕事に熱中している頃、眠る時間と食事の時間がなければ、もっと仕事ができるのに、と思ったことさえあるのだが、いざ、そうなってみると、何と時間の長く、単調なことだろう。

朝になれば、弔問客が次々にやって来るだろうが、それまでは、何もかもが眠り込んでいる。

山岡は寝室を出て、階段を降りると、玄関から外へ出た。どこから出てもよさそうなものだが、それでもつい、玄関から出るのは、習慣というものだろう。

やっと、外に朝の気配が忍び寄っている。だが、まだまだ街灯は灯ったままだった。

通る者もない朝まだきの道を、山岡は、ゆっくりと歩いて行った。

どこへ行く、というあてもない。ただ、自分の家の中にいるのが、やり切れないのである。

どうせなら、知らない人間ばかりの間に混っていれば、まだ気も楽というものだ。

山岡は、小さな公園の中へ足を踏み入れた。いつも、車で出かけるので、家の近所をこうして散歩したこともない。

家の近くに、どんな人が住み、どんな店があるのか、隣は何人暮しなのか、向いの家の車は何なのか。——そういったことを、山岡はまるで知らない。

山岡は、ベンチの一つに腰をおろした。

自分の生活は、結局何だったのか。いや、生活と呼べるようなものが、果して自分にあったのかどうか……。

休日に、子供の相手をしてやることも、祥子の話相手になってやることも、なかった。

そもそもが経営者として生きるように、定められた人生だったのである。

今、こうして死んでしまって、子供たちが、果して父親のことを憶えていてくれるだろうか、と気になってならない。

無理なことかもしれない。仕事をしている社長としての姿以外、子供たちは知るまい。

——何もかも、空しいような気がした。

少し明るくなって来た。ふと、気が付くと、少女が一人、歩いて来る。
十六、七の、どこかの制服らしい紺のブレザーとスカートという格好である。
どこへ行くのだろう、と山岡は思った。学校にしては早過ぎる。

それに、鞄《かばん》のような物も、何一つ、手にしていないのだ。

山岡がベンチに坐《すわ》って、ぼんやりと眺めていると、その少女は、特に急ぐでもなく、といって重苦しくもない足取りで、その前を通り過ぎた。

そして——こういうことが起った。

少女は、通りすがりに、山岡の方をちょっと見て、

「おはようございます」

と言ったのである。

「おはよう」

山岡は、つい反射的に答えていた。

その意味に気付いたとき、少女はもう公園を出てしまっていた。

「おい！　君！　ちょっと！」

山岡は、さっと立ち上ると、少女を追って駆け出した。

公園を出て、左右を見回したが、少女はどこかの角を曲ってしまったのか、どこにも姿が見えなかった。

右へ、左へと走って、捜し回ったが、ついに少女の姿は見付けられなかった。

山岡は諦《あきら》めて、元の公園のベンチに腰をおろした。

それにしても——疑いようはない。あの少女は、彼の方へ声をかけたのだ。

ということは……俺は生き返ったのだろうか？　また人の目に見える「実体」に戻ったのか？

これは、他の人間で確かめるしか方法はない。

山岡は通りへ出てみた。まだ時間が早過ぎるので、人の姿はない。

早く、誰か来ないか。——ジリジリしながら、山岡は待った。

自転車の音がした。新聞配達である。

最近は「新聞少年」というのが少なくなり、今や「新聞主婦」だ。この辺も、ご多分に洩《も》れず、主婦がパートで働いている。

「よし、あれだ」

山岡は胸の高鳴りを感じつつ、走って来る自転車の方へと歩いて行って、その正面に立った。——見えていれば、よけて行くだろう。

もし、そうでなければ……。

自転車が真直ぐに走って来る。そして——呆気《あっけ》なく、山岡の体を「通過」して行った。

山岡は、儚《はかな》い希望が、ガラガラと音をたてて崩れて行くのを、ため息をつきながら、かみしめていた。

しかし、そうなると、あの少女は、なぜ声をかけて行ったのだろう？

あそこには、山岡の他に誰もいなかったし、それに、少女は間違いなく彼を見て、挨拶《あいさつ》したのだ。

「畜生！　どうなってるんだ！」

山岡は頭をかきむしった。——そして、ふと、気付いた。

「そうか……」

それ以外には考えようがない。あの少女も幽霊だったのだ。

山岡は、もう一度あの少女の姿を求めて、公園とその周囲を駆け回った。

しかし、結局むだ骨でしかなかった。

いつしか朝になり、早く出勤して行くサラリーマンたちは、欠伸《あくび》をしながら、あるいは目をショボつかせながら、せかせかと駅へ向っていた。

「とうとう朝か……」

山岡は呟《つぶや》いた。

家の前に戻ってみると、車が何台も待っていて、道を占領してしまっている。

知らせを聞いた同業者や、親類縁者、それに報道関係者も少なくないようだ。

やはり、俺は大物だったんだな、と山岡は妙なところで満足感を覚えた。

玄関の方へ歩いて行くと、

「どうも失礼いたしました」

と出て来たのは、山岡の会社とは前の代から付き合いがある業者の社長だった。

実直な人物で、社長というより、「おやじさん」と呼ばれるのがピッタリ来る好人物だ。

山岡も何かと付き合いには気をつかっていた。

目を赤くして、グスンと鼻をすすり上げているのを見て、山岡も胸が熱くなった。

「――失礼します」

新聞記者が一人、その社長へ、インタビューを試みた。要するに、死んだ山岡氏の人柄について、というわけだ。

「ええ、とても度量の広い方で……。ずいぶんお世話になったもんです」

と、その社長は、しみじみ語っている。

山岡も、あんな重役連中より、ずっとこっちの方が情がある、と思った。もし、今からでも生き返ることがあれば、社の部長ぐらいに抜てきするのだが……。

その社長が門の外へ出るのに、山岡はついて行った。声は届かないまでも、礼を言いたかったのである。

「奥さんはいかがでした」

車のわきで待っていたのは、前に山岡も会ったことのある、社の営業の人間である。

「うん、まあしっかりしてるよ」

と、その社長が言った。

「まだ若いんでしょう。気の毒ですね」

「代りに可愛《かわい》がってやるか？　いい女だぞ」

と、打って変ってニヤニヤ笑い出す。

「あの山岡社長は、若くていい思いをしすぎたんですね」

「天罰だよ、天罰。――さあ、会社へ帰るぞ。もうあの会社も先が見えてる。どこか他の得意先を捜さなきゃならん」

「はい」

車が走り去るのを、山岡は、呆然《ぼうぜん》として見送っていた。

怒りよりも何よりも、ただ、言いようのない空しさが、山岡の胸の中に広がっていた。

――人間とは、あんなものなのか。

山岡は思わずよろけた。

「――まあ、気を落とさずに」

「ありがとうございます。わざわざお忙しい中をおいで下さいまして……」

と、祥子が弔問客へ頭を下げる。

山岡は、居間の隅に坐り込んで、その祥子を眺めていた。午後まで、一体何人がここを訪れたんだろうか。いや、何十人になる。

しかし、その誰もが、きっと外へ出れば冗談を言い合い、

「いい気味だ」

と舌を出している——というのは、山岡のいささかマゾヒスティックな想像であったが、それくらい、山岡は不信の念にこり固まっていた。

祥子は黒のスーツ姿で、冷静に応対している。

ひきもきらない弔問客に、祥子は、疲れたのか、ちょっと目を閉じて、指で額を押えた。

三宅がやって来て、

「大丈夫ですか、奥様?」

と声をかけた。「少しお休みになっては? 私がここは引き受けますから」

「いいえ」

祥子は気を取り直した様子で、背筋を伸ばすと、「大丈夫です。私がお相手しなくては失礼に当りますもの」

「しかし……」

「お客様がお待ちですよ」

「――はい」

三宅が出て行く。

正直なところ、山岡には、祥子の頑張りぶりが意外だった。もともと、あまり夫の仕事に口を出すとか、社交面を引き受けるというタイプではない。

それが今は、社長夫人としての貫禄《かんろく》さえ、感じさせるのだ。

内心はどう思っているにせよ、ともかく、社長の未亡人としては、申し分のない態度だと山岡も認めざるを得なかった。

「――ちょっとお客が途切れましたよ」

三宅が、入って来て言った。「一息入れて下さい。そのままじゃ倒れてしまいますよ」

祥子はちょっとためらったが、

「そうするわ。ありがとう」

と、立ち上った。

とたんにめまいがしたのか、体が風にでもあおられたように揺らいだ。

「危い！」

山岡と三宅が同時に叫んで、祥子の方へ駆け寄っていた。――が、もちろん山岡にはどうすることもできない。

三宅が、祥子の体を支えて、やって来た照子の方へ、

「奥様をベッドへ運ぶんだ！　さあ！」

と怒鳴った。

山岡は、己れの無力感に、胸をしめつけられる思いだった。

寝室へ運ばれると、祥子は大分落ち着いた様子で、

「もう大丈夫」

と、三宅へ肯《うなず》いて見せた。

「でも、少し横になられている方がいいですよ」

「ええ、そうね。――そうするわ。三宅さん、お客様の方へ行ってちょうだい」

「分りました。後は私と専務でうまくやりますから」

「よろしくね……」

祥子はベッドの上に横になった。三宅が出て行く。

山岡は、残って妻の様子を眺めていた。

祥子は、何を考えているのか、じっと天井を見上げている。――山岡は、祥子に話しかけてやりたかった。しかし、もう、自分は別の世界にいるのだ。近くにいて、しかも遠く離れているのだ……。

生きているときには、祥子と口をきくのも面倒で、何か話しかけられても、生返事をし

ていたものだ。その内に、祥子も、何も話しかけなくなった。

だが、今は話したい。どんなことでもいい。近所の退屈な噂《うわさ》話、

「あそこの奥さんはねえ――」

といった、一番嫌っていた話題でもいいから、聞いていたかった。

何時間だって、喜んで耳を傾けるだろう。

時間の浪費、と思っていた、その手の話でも、夫婦の間に対話がある方が、ずっといいのではないか、と山岡は思った。だが、もう遅すぎる……。

山岡は、そっとベッドに坐った。――ここで祥子を抱くことも、この何年かは、まれになって来ていた。

死ぬ前に、もう一度妻を抱いておきたかった、と山岡は思った。少し太っては来たが、まだまだつやのある肌をした、妻の体を思い出して、山岡は一瞬、胸苦しいほどのいとおしさに捉《とら》えられた……。

少しして、ドアがノックされた。

「どうぞ」

と、祥子は起き上った。

三宅が、申し訳なさそうに顔を出す。

「奥様。いかがですか?」

「ええ、もう何とか……」

「実は、M物産の社長がおみえで——」

「まあ、それじゃ私が出なくちゃね。すぐに行きます」

「申し訳ありません」

祥子はベッドを出ると、鏡の前で、乱れた髪を手で直した。山岡は、その背後から、鏡の中の祥子を覗《のぞ》き込んだ。

するとと、突然、祥子が、

「キャッ！」

と声を上げて、両手で顔を覆った。

「どうしました？」

三宅が驚いて駆け寄る。祥子はよろけそうになるのを、やっとこらえて、

「あの人が——」

と言った。

「え？」

「主人が——主人が鏡に映ってたのよ、今、ここに！」

俺が鏡に映った？

山岡の方もびっくりした。——幽霊も鏡に映るのだろうか？

山岡自身の目には、全く何も映っていないように見えるのだが。

「奥さん、しっかりして下さい。気のせいですよ」

三宅に力づけられて、祥子は、何度か大きく息をつき、

「そうね。そんなこと、あるはずがないものね。――ごめんなさい、取り乱しちゃって」

「いや、当然のことですよ。お疲れになってらっしゃるんだ」

「大丈夫よ。さあ、行きましょう」

祥子は、肯いて見せ、三宅を促して、寝室を出た。

山岡は、しばしわけが分らずに、突っ立っていた。

夕方になって、やっと弔問客もまばらになった。

三宅が、まめに動いて、スムーズに事は運んだ。ちゃんと夕食の寿司まで手配して、自分は、

「社葬の準備がございますので――」

と、早々に引き上げてしまう。

本心はともかく、秘書として、まずは申し分のない働きぶりであった。

「照子さんも、お腹空いたでしょう。お寿司、自分の部屋へ持って行って食べなさい」

と祥子が言った。

「いえ、台所で結構です。お茶を淹《い》れますから……」

人間、こういうときは、いやにきちんと働くものなのかもしれない。

山岡は、外へ出てみた。――夕暮れが迫っているが、まだ明るい。

ぶらぶらと歩いて行くと、そろそろ会社帰りのサラリーマンともすれ違う。こんな時間に、自分は帰ったことなどなかったが。

おそらく、こんなに早く帰れるのは、エリートコースから外れた者ばかりだろう。しかし、家族と夕食をとるという、幸せに恵まれているのだ。――今の山岡は、彼らの境遇が羨《うらやま》しかった。

学生たちも帰って来る。こちらは少し遅い。おそらく、クラブ活動でもしていて、遅くなったのだろう。

青春か。――山岡には、ずっとずっと昔のことでしかない。

いや、そもそも、経営者になるべく生れた山岡に、普通の学生のような青春は、なかったのである。

もう一度、もう一度、何もかもやり直したい、と思った。

――一人の少女とすれ違った。

山岡はハッとした。今朝の、あの少女だ。振り向くと、その少女も振り向いていた。

少女の視線は、はっきりと山岡の目を見ていた。

少　女

山岡は、しばらくその少女と見つめ合って立っていた。

やっと、声を絞り出すようにして、

「やあ」

と言ってみる。

返事はあるだろうか？――少女は、軽く微笑《ほほえ》んで、

「どうも」

と、言った。

山岡は、全身の緊張がほぐれるのを感じた。

「君も、その……」

「私も幽霊よ。嬉《うれ》しいわ、仲間ができて」

少女は、ごく当り前に言った。考えてみれば、妙な事態だが、これは紛れもない事実なのである。

「いや……僕は、何しろなりたてなもんでね」

山岡は頭をかいた。

「まあ、やっぱり。そうじゃないかと思ってたわ」

「分るのかい？」

「そりゃあ……。だって、このところ、私、ずっと一人ぼっちだったんですもの」

「すると、他に仲間はいないの？」

少女は、ちょっと周囲の人々の流れを見回して、

「ここ、うるさいわ。静かな所に行きましょう」

と言った。


「じゃ、もう一年も一人きりで……？」

「ええ。だけど、もう慣れちゃった」

少女は、足をブラブラさせた。公園のブランコに乗っているのである。

「もう、このブランコを揺らすこともできないんだもの……」

と、少女は言った。「寂《さび》しいわ、考えてみると」

「何か法則みたいなものがあるのかね、こうして幽霊になる人間というのは」

「前にいた仲間の人たちにも訊《き》いてみたこともあるんだけど、誰にも分らなかったわ」

「その仲間たちは？」

「向うへ行っちゃったの」

「向うって？」

「分らないわ。いつの間にか、いなくなるのよ。——みんな、『あ、また一人、向うへ行ったな』って話してたわ」

「向う、か……」

「幽霊の世界にも、〈あの世〉があるのかもしれないわね」

「それで……君は一人になったというわけか」

「ええ。だから、話ができて嬉しいわ。本当にすてき」

少女の目が、ちょっとうるんでいるのを、山岡は見た。少女が、あわてて顔をそらした。

「君はいつ頃……？」

「二年前。十五歳だったわ」

と、少女は、遠くを見るような目で、言った。

少女は、立ち上って歩き出した。山岡は、その後をついて行った。

「——あなたはお金持？」

と、少女が訊く。

「まあね」

「そうでしょうね。とてもいい服を着てるもの」

「そうかい？」

「奥様やお子さんは？」

「いるよ」

「でも安心ね」

「お金があるから？　そうだな、その点だけは」

「うちは、母が病気でずっと寝たきりだったの。入院させていて、お金がかかるんで、私も働いていたのよ」

「それは大変だったね」

「私が死んでから、母も急に元気がなくなって、半年後には死んでしまったの。でも、母は私のように幽霊にはならなかったわ。——あのときは悲しかった。すぐそばにいて、励ましてあげてるのに、母には何も聞こえないんですもの」

少女の話し方は、淡々としていたが、それだけに、心を打った。山岡は、少女の哀しげな目に、初めて気付いて、ハッとした。

「あなたはどうして死んだの？」

と、少女が訊く。

「自動車事故さ」

山岡が、事情を簡単に説明した。「——全く、馬鹿なことをしたよ」

「もったいないわ、死ななくても良かったのに」

「今となったら、そう思うけどね」

山岡は肯《うなず》いた。「君も——事故か何かだったの？」

「私？　いいえ。私は殺されたの」

山岡はびっくりして足を止めた。少女をまじまじと見つめて、

「殺されたって？　でも——誰に？」

「分らないの」

少女は肩をすくめた。「私は夜、アルバイトに、知っている人のお店で、帳簿つけをやっていたわ。その晩は遅くなって、お店を出たのは九時ごろだった……」

少女は顔をちょっと伏せて、言った。

「——途中、早く帰りたくて、近道をしたの。学校の裏手の、寂しい道で、よく痴漢が出るところだったわ。そこで——いきなり、男が二人、襲って来て……」

山岡は思わず少女の肩に手を置いた。少女は山岡を見て、微笑んだ。

「——辛《つら》い目にあったんだね」

「そうね。でも……生き残った家族の方が、可哀《かわい》そうだったわ」

少女は、山岡の胸にそっと身をもたせかけて来た。山岡は、少女を抱いた。

そこにはぬくもりがあった。生きた温かさと、存在感が。――山岡は、胸を揺さぶられるような気がした。

「ここが、あなたの家？」

と、少女が言った。

「そうだよ」

山岡は肯いた。

「立派なお家ね」

今夜が通夜で、明日が密葬ということになるのだろう。社葬は、日を改めて行われるはずだ。

通夜の準備は、ほとんど終っているようだった。立派なものだ。三宅の奴、大分忙しく駆け回ったのに違いない。

「入っていい？　奥さんや子供さんを見たいわ」

「ああ、いいよ」

と、山岡は肯いた。

居間に、棺《ひつぎ》が安置されていた。まだ時間が早いせいか、人はほとんどいない。ただ、準備にかけつけた、若手の社員たちが時たま出入りするだけだ。

「あの写真」

と、少女が言った。「ずいぶん若いわ」

山岡も、写真を見て苦笑した。なるほど、ずいぶん若い写真である。大体、モノクロの写真を撮る機会が、ほとんどないせいもあるだろう。

「言っとくけどね、僕はまだはげてないからね」

少女がフフ、と笑った。

祥子が入って来た。少女が真顔になって、じっと祥子を見つめる。

「——奥様？」

「うん」

「きれい……」

少女は、ため息をついた。

実際、山岡自身、妻の美しさに、一瞬息をのんだ。疲労と、哀しみの影が、一層その青白い美しさを引き立てている。

「祥子というんだ。——三十八に見えないだろう？　いつまでも若いんだ」

こんな所でのろけても仕方ないな、と山岡は思った。そして、ふと、さっきの出来事を思い出した。

「ねえ、一つ教えてくれないか」

「え？」

「さっき、寝室にいたときに——」

山岡は、妻が鏡の中に、夫の姿を見て飛び上るほどびっくりしたことを話した。

「どうなんだろう？　そんなことってあるのかい？」

少女は、少し考えていたが、

「聞いたことがあるわ」

と肯いた。「ずっと前——私が幽霊になり立てのころ、もうかなりのお年寄りがいたの。もちろん幽霊でね。その人にはずいぶん親切にしてもらったわ。——そのおじいさんが、いつか話をしてくれたことがあるの」

「聞かせてくれ」

山岡は少女を促して、自分の遺影の前に腰をおろした。

「めったにないことなんですって」

と少女は言った。「その人が、志の半ばで、思いがけない死に方をしたとき、この世界に未練が残っているとき、時たま、現実の世界に姿を現わすことがあるらしいの」

「鏡の中に？」

「鏡の中が多い、ということは聞いたわ」

と少女は肯いた。「でもそれを見る人は、心の中であなたのことを考えていなくては、見られないのよ。――奥さんは、きっとあなたを心から愛してらっしゃるんだわ」

「そいつはどうかな」

と、山岡は祥子の方を見ながら言った。

愛してなくても、憎んでいても、俺のことを考えていたには違いないわけだものな。

「でも、いつでも出られるってものじゃないのよ」

と少女が続けた。「気をつけないと、そのときに『向う』へ行ってしまうことになるんですってよ」

「『向う』へ、ね……」

と、山岡は呟《つぶや》いた。

息子の悟と娘の恵子が入って来る。二人とも黒の服をきちんと身につけていた。

「お子さん？」

と少女が訊く。「――可愛い。女の子はあなたに似てるわ」

「よくそう言われるよ」

山岡は嬉しそうに答えて、それから苦笑した。「そう言われたよ」と言わなくてはならない。

しかし、これは現実なのだろうか？

山岡には信じられなかった。――何もかもが一場の夢のように、覚めてしまいそうな気がする。

「よく子供さんと遊んだ？」

「いいや。ほとんど遊んでやった記憶はないね。今となっては残念だ」

「人間は、いつも取り返しがつかなくなってから悔やむものだわ」

幽霊の世界で先輩とはいえ、ずっと年下の少女にそう言われて、山岡は何となく妙な気持だった。

客が来始める。——親類縁者ばかりなので、見ていても一向に楽しくも何ともない。

「ねえ、君の家は遠いの？」

「そうでもないわ。歩いて二十分くらいかしら」

「行ってみようよ」

「私の家？　でも、どうして？」

「一度見てみたい。——いいだろ？　ともかく付き合いは短いけど、二人しかいないんだから」

「小さな家よ」

「幽霊には、バラック小屋もヴェルサイユ宮殿も同じことだよ」

と、山岡が言った。

少女は、ちょっと楽しげに、声を上げて笑った。

夜の道を、山岡と少女は、のんびりと歩いていた。

「変だと思わない？」

と少女が言った。

「何が？」

「私たち、別に道路を歩かなくたっていいのよ。通り抜けて行けるんですもの」

「そうか。――そう言われてみれば、そうだね」

「ね？　でも、ついこうして道を歩いちゃうの」

「いや、これでいいじゃないか。実際はどうでも、ともかく僕らは人間のように行動しよう」

「そうね。私もそうしたいわ」

少女は、嬉しそうに言った。

「そうだ。そういえば、君の名前を聞いていなかった」

「私？　私は、久米郁子」

「僕は山岡重治だ。――よろしく。何だかおかしいね」

「本当ね」

少女は――いや、久米郁子はクスッと笑った。「あ、その角を曲ると、もう家が見えるわ」

「近いんだね」

「疲れないのよ、あまり。だから近く感じるんだわ」

「なるほど。——幽霊を会社で雇えたら、さぞ能率が上るだろうなあ」

と山岡は言った。「ねえ、疲れも少ないし、眠らなくても平気だろうし……。どうしたんだい？」

郁子が、目を見開いて、表情をこわばらせている。

「変だわ……」

「何が？」

「家の玄関、開けっ放しで——。あんなこと、絶対ないのよ」

「あの家が君の家？」

なるほど、小さな、どう控え目に見ても立派とは言いかねる木造家屋である。実業家としての山岡が見れば、周囲ごと取り壊して、マンションを建てよう、と言いたくなる。

その玄関の戸が開けっ放してあるのだ。

「今、家には？」

「父と……妹と二人暮し。どうしたのかしら」

「行ってみよう」

――何かあったのだ。いやでも、それは分った。

玄関を入ると、靴がけちらかしたようになっており、正面の障子《しょうじ》が派手に破れている。

「お父さん……」

郁子が、奥へ入って、息を詰めた。

「お父さん！」

続けて中へ入った山岡は目を見張った。頭の禿《は》げ上った初老の男が、血まみれになって、倒れている。――こと切れていることは、一目で分った。

悲劇

郁子は、その場に座り込んでしまった。

父が殺されているという、そのショックで、放心状態なのだ。

「これは大変だ」

山岡は、その死体の方へかがみ込んだ。——どうやら腹を刺されたらしい。傷口が見えていた。

「警察へ知らせなくちゃ」

と言ってから、自分ではどうにもならないことに気が付いた。

「大丈夫かい？　しっかりして」

と、郁子の肩へ手をかけると、突然彼女は立ち上った。

そして、いきなり玄関から飛び出して行ってしまったのだ。後を追う間もない。

山岡は外へ出て左右を見た。——郁子の姿は見えない。

「やれやれ……」

何てことだ。山岡は、また中へ入って、死体の傍に腰をおろした。娘を亡くし、妻を亡くして、今度は自分が……。全く不運な人だ。

それにしても、誰がこんなことをしたのだろう？――泥棒か？　しかし、この家の様子を見れば、どんな泥棒だって、人を殺してまで押し入る価値があるとは思うまい。

すると恨みか。それはもちろんあり得ることだが、郁子にでも訊かなくては、分らない。もちろん、聞かされても、どうすることもできないのだが。

山岡は、質素な仏壇の方へと歩み寄った。母親らしい女性と、郁子の写真がある。郁子は母親によく似ていた。

花は、真新しく、仏壇もきれいになっている。そういえば、妹がいると言っていたが、どこにいるのだろう？

もしかして、妹もこの家のどこかで……。

山岡は奥の部屋や――といっても、二部屋しかないのだが――風呂場などを覗《のぞ》いてみた。どうやらいないようだ。

死体のそばへ戻ると、郁子が帰って来たところだった。

「どうした？　大丈夫かい？」

「ええ」

と、郁子は肯《うなず》いた。「父が、もしかしたら幽霊になって、その辺にいないかと思ったの。

——見付からなかったわ」

「そうか。妹さんというのは？」

「今、十五歳だわ。和美っていうの。まだ帰って来ないわ、きっと。アルバイトしてるから」

「こんな時間まで？」

「子供のお守りなの。父の知り合いの家で。——ああ、お父さん！」

郁子が顔を伏せた。涙が頰を伝う。山岡は、何とも慰めようもなく、郁子の肩を抱いてやった。

そのとき、玄関に、

「ただいま、お父さん！」

と、元気な声がした。

「妹だわ」

と、郁子が言った。

和美は、様子がおかしいことに気付いたらしい。

「お父さん。——どこなの？」

と声をかけながら上って来た。

郁子とよく似ている。どちらかというと、美人タイプの郁子に比べ、愛らしい顔立ちで、明るい印象を与えた。

「和美……。可哀そうに」

と郁子が呟《つぶや》いた。

「お父さん！」

びっくりした和美が駆け寄る。「どうしたの、お父さん！」

郁子が、両手で顔を覆って、玄関から飛び出して行く。妹の悲しみを、どうしてやることもできないのが、姉として、やり切れないのだろう。

山岡は、残って、和美の様子を見ていた。和美は、しばらく呆然《ぼうぜん》として坐《すわ》り込んでいたが、やがて、よろよろと立ち上った。

青ざめているが、泣いてはいない。固く唇をかみしめている。そして、玄関から、表へ駆け出して行った。

表に出てみると、和美が、二、三軒隣の家の玄関を叩《たた》いていた。郁子がそれを眺めている。

「君の妹さんは、しっかりしてる」

と、山岡が言った。

「ええ、本当ね。――大人になったわ、あの子」

郁子が肯く。「あの家の人は親切で、ずいぶんお世話になってるの」

和美の話を聞いて、太った主婦が飛び出して来た。——パトカーが来るのに、十五分ほどかかった。

「——確かに変ね」

と、郁子は言った。「父を殺すような人なんて、思い当らないけど」

「しかし、泥棒とか、そんなものじゃないと思うよ」

「そうね。——警察が犯人を見付けてくれるかしら?」

「そう。たぶんね」

山岡は、死体が運び出されるのを見ていた。——警察や、鑑識の人間たち、報道陣もやって来ている。

山岡は、和美という娘に、すっかり感心してしまった。父親を殺され、一人ぼっちになったというのに、刑事の質問にも、はきはきと答える。

中年の刑事は、すっかり同情したようすで、

「今夜はどうするんだね? 何なら、親戚《しんせき》のお宅にでも泊めてもらう?」

「いいえ。——親類って、近くにはいないんです」

「そうか。じゃ、どこかホテルを取ってあげようか」

「お金がありません」

と、和美が言った。

「お金は出しておいてあげるよ」

と、刑事が言うと、和美は少し考えてから、

「じゃ、お願いします。明日、銀行へ行っておろして来たら返しますから」

と言った。

それを眺めていた郁子が、そっと涙を拭《ぬぐ》った。

「あの泣き虫さんが……。本当に変ったもんだわ」

「気の毒だね。しかし、僕らには、どうしてあげることもできない」

と山岡は言った。

「ええ……。何とか頑張り抜いてほしいわ」

と、郁子は言って、妹を見守っていた。

刑事たちが、現場へ戻って行く。山岡はそれについて、中へ入って行った。

「中西さん」

と、若い刑事が、あの中年の刑事に声をかけた。

「何だい？」

「どうも、物盗りじゃありませんね。少しも荒らされていない」

「うん。それに、ちょっと見たって、金のありそうな家には見えんよ」

と、中西という刑事は、部屋の中を見回しながら言った。

「すると恨みですか」

「そうだろうな。少し被害者の身辺を洗ってみよう」

「分りました」

「ちょっと可哀《かわい》そうだが、あの娘に話を聞くしかないな」

中西刑事が外に出てみると、和美が、ピンと背筋を伸ばして立っている。涙も見せない。

「君の名前は――和美君だったね」

「はい、そうです」

「お父さんと二人暮しだったんだね」

「はい。姉がいたんですけど、二年前に殺されたんです。母はその半年後に病気で――」

「待ってくれ」

と、中西刑事がびっくりした様子で止めた。「殺されたって？ どういうことだったんだね？」

「アルバイトの帰りに寂しい道を通って、襲われたんです」

「そうか。――犯人は？」

「捕まっていません」

中西は困ったように頭をかいた。少々薄くなっている。

「それは申し訳ないねえ。一生懸命調べてるんだろうと思うけど、そういう事件は、一番むずかしいんだよ」

と言いわけめいたことを言ってから、「君のお父さんも、どうやら殺されたらしいんだけど……どうだろう、君に心当りはないかな、犯人の？」

中西に訊《き》かれて、和美は、真剣に考え込んだ。

しばらく考えてから、和美はゆっくりと首を振った。

「心当りはありません。父は、人に恨まれるような性格じゃなかったんです」

中西は肯いたが、あまり本気にはしていない様子だった。色々調べれば、何か出て来る、と思っているのだ。

「本当にそうなのよ」

と、郁子が言った。「たとえひどい目にあっても、相手をやっつけようとか、喧嘩《けんか》しようとかってことはないの。自分が我慢しちゃう人なのよ」

「なるほどね」

山岡は肯いた。郁子の言葉に間違いはあるまい。しかし、それは、まともな人間を相手にしている場合のことである。

世の中には、およそ常識からかけ離れた人間がいるのだ。こっちが善意でやったことを、逆に受け取って憎んだり、殺してやりたいと思うほど恨んだり……。

そんな人間たちのことは、まだ郁子や和美たちには分らない。

中西は、和美から、父親の勤め先を訊いたり、親類の名を書きとめたりして、

「じゃ、パトカーで送らせるよ。よく知っているホテルだから、親切にしてくれるはずだ」

と、和美の肩に手を置いた。

「どうもすみません」

と、和美は頭を下げた。

山岡は、郁子の方を見て、

「ついて行くかい？」

と言った。

「いいえ」

と、郁子は首を振った「きっと、あの子も一人になれば泣くと思うわ。そこまで見てしまうのは可哀そうだもの」

「それもそうだな」

和美をパトカーに乗せて、中西が警官に、山岡も知っている古いホテルの名を告げた。何度か泊ったこともある、日本風のホテルである。

パトカーが走り去るのを見送って、郁子がふっと息をついた。

「まさか、こんなことになるなんて……」

「気の毒なことをしたねえ。しかし、あの中西って刑事、なかなかやり手だ。きっと犯人を見付けるよ」

「そうね……」

郁子は、古びた我が家の方へ目をやった。

「——一人になりたいのかい」

山岡が訊くと、郁子はゆっくり肯いた。

「ごめんなさい」

「いや、いいんだよ。僕も家の方へ戻ってみる。——また明日にでも会おう」

「ええ、待ってるわ、ここで」

「迎えに来るよ」

山岡が、郁子の肩に手をかけ、軽く握ってやると、彼女はちょっと寂しげに微笑した。

山岡は、暗い道を、ゆっくりと一人で歩き出した。

郁子の家から少し歩いて、道を曲ると、山岡はギョッとして足を止めた。

曲った所に、まるで隠れるようにオートバイが停めてあったので、ぶつかりそうになった——いや、そう思ったのだった。

・実際は、ぶつかってもどうということはないのだが、やはり、その辺は人間の感覚が残っているのである。
かなり大型のオートバイで、五〇〇ccはあるだろう。乗り手はどこへ行ったのか、姿が見えない。

「仕方ねえだろう！」

若い男の声が近付いて来る。――どうやら二十歳そこそこの若者二人、何やら口喧嘩の最中らしい。

「そんなこと言ったって、仕方ないじゃ済まないぜ」

と、一人がちょっと気弱そうに応じる。

「じゃどうする？　警察に密告するか？」

「まさか！」

「いいぜ、やれるもんならやってみな。お前だって、無事にゃ済まねえんだからな」

「分ってるよ」

「じゃ、俺は行くぜ。お前、どうする？」

と、一人がオートバイにまたがる。

もう一人は、ちょっとためらってから、

「もう少しいるよ」

と言った。

「好きにしな」

と、オートバイのエンジンをふかして、「ウロチョロして怪しまれんなよ」

「大丈夫だよ」

「じゃ明日な」

オートバイが、砂利《じゃり》を弾き飛ばして走り去る。——山岡は、ちょっと眉をひそめて、それを見送っていた。

残った一人の方は、曲り角の所に立って、恐る恐る首を伸ばし、どうやら、パトカーが停っている、郁子の家の方をうかがっている様子だ。

この男は何だろう？　ひょっとして、あの事件のことを何か知っているのかもしれない。

刑事たちが引き上げかけていた。パトカーに乗り込んでいる。

それを見ると、その若者はジャンパーのポケットに両手を突っ込んで、足早に歩き出した。もちろん、郁子の家とは、逆の方向へ、である。

山岡は、ちょっとためらったが、どうせ夜一杯、することもないのだ。この男の後をつけてやれ、と思った。

こんなに楽な尾行はない。ピッタリそばにくっついて歩いていても、相手は絶対に気付かないのだから。

その若者は、ラーメン屋で、ラーメンを一杯かっこむと、バスに乗った。

停留所二つほどで降りると、少し歩いて、ごみごみとアパートが立ち並ぶ一角へと入って行った。——そのアパートの一つ、若者が入ったドアには、〈入江〉と表札があった。

二つの葬儀

「ゆうべ、人殺しがあったんですね」

と、照子が、朝食の仕度をしながら、言った。

「人殺し？」

と、祥子が新聞から顔を上げる。

「ええ。でも、ちょっと離れてますけどね。何だか、父親が殺されて、女の子が一人で残っちゃったとか」

「まあ。母親は？」

「何年か前に、病気で死んでるんですって。しかも、その子のお姉さんっていうのも、殺されてるとか……」

「運が悪いのね」

「本当ですねえ。——あ、卵は召し上りますか？」

「食べるわ。ベーコンをつけてね。今日は大変よ。照子さんも大変だろうけど、しばらくは我慢してね」

「大丈夫ですよ、私は。何しろ、少々叩《たた》いたって壊れやしませんもの」

祥子が、ちょっと笑った。

ずいぶん元気になったようだ、と山岡は妻の祥子を眺めながら思った。妻の？　いや、〈未亡人の〉と言うべきかもしれない。

もちろん、悲しんでくれるのはありがたいが、むしろ山岡は、こうして早く元気を取り戻した祥子を見る方が、嬉《うれ》しかった。いつまでも、メソメソ泣いているのは、山岡の性に合わない。

「株価はそう下がってないわね」

と、祥子は、呟《つぶや》いた。

新聞の、経済、株式の欄を熱心に見ているのだ。これは山岡には驚きだった。祥子が、そういったことに興味を持っているとは、考えたこともなかった。

「――どうぞ」

照子がベーコンエッグを運んで来る。

「ああ、ありがとう。コーヒーをもう一杯」

「はい。――今日は身内の方だけのお葬式なんでしょう？」

「そうよ。社葬は少したってからね。準備に時間もかかるし」

「どなたが社長になられるんでしょうね」

祥子は、チラリと照子の方を見て、

「さあね。――思いもかけない人かもしれないわよ」

と、思わせぶりな言い方をした。

照子は、台所の方へ行きかけて、思い直した様子で戻って来ると、

「奥様」

と言った。

「なあに？」

「あの――私のことですけど、ここに、まだ置いていただけるんでしょうか？」

「そんなことを考えてたの？」

祥子は照子の手を取ると、「あなたがいないと、子供たちも困ってしまうわ。ぜひいてほしいの。分った？」

「はい」

照子はホッとしたように微笑《ほほえ》んだ。

「特に、私はこれから忙しくなりそうだし」

と、祥子が、コーヒーカップを手にしながら言った。

「奥様が、ですか？」

と照子が訊《き》く。

「そう。——主人がいなくなったからって、家の中に閉じこもっていても仕方ないものね」

「それはそうですね」

祥子は、ちょっと小首をかしげて、照子を見上げた。

「ねえ、照子さん」

「はあ」

「主人と寝たことある?」

照子が目をパチクリさせた。

「いいえ! そんなこと——」

「正直に言って。怒らないわよ。あの人、あなたに気があったわ」

「そんなこと——存じませんでした」

「そう。それならいいの。何しろ、女遊びも派手な人だったから、その内、『あの人の子です』とか言って、赤ん坊かかえた女が、押しかけて来るかもしれないわ」

「まさか……」

「本当よ。そのときは、照子さん、追い返してやってね」

「分りました」

照子は力強く肯《うなず》いた。祥子は、笑顔で照子の手を軽く叩いた。

山岡は、冷汗をかいていた。――祥子が何もかもお見通しだったとは！

「女は怖いや」

と、首を振りながら言った。

クスクス笑う声に振り向くと、久米郁子が立っている。

「何だ、いつの間に――」

「今、来たのよ。あなたが何だか情ない顔してるから、見物してたの」

「君も趣味が悪いぞ」

と山岡は苦笑した。

郁子が、元気を取り戻した様子なので、山岡はホッとした。

「君の家の方は？」

「今、また警察の人が来て調べてるわ。何か分るといいんだけど……」

「そうか。いや、実はね――」

山岡は、昨夜、郁子の家のあたりをうろついていた、二人の若者のことを話してやった。

「――何か関係があるのかしら？」

「そんな様子だったんだよ。入江って名前に、聞き憶えは？」

「さあ……」

と、郁子は首をひねった。

「一度、連れて行ってあげるよ。顔を見てみるといい」

「そうね」

と、郁子は肯いた。

「――妹が来てるかもしれない。家へ戻ってみるわ」

山岡も一緒に行くことにした。

「幽霊ってのも退屈なもんだね」

と、久米郁子の家へと歩きながら、山岡は言った。

「あら、どうして?」

と郁子が訊く。

「だって、仕事ってものがないじゃないか。幽霊にもちゃんと会社があって、出勤して、会議があって――そんな風になってれば、まだ楽しいだろうけどね」

郁子は、ちょっと笑って、

「あなたって、よっぽどモーレッツサラリーマンだったのね」

「そうだね。そうかもしれない」

「でも――確かにそうね。私たちの手じゃ、本のページ一つめくれないわ。だから、時々、電車に乗ったり、通りかかった家へ入って、人が本を読んでるのにお付き合いしたり、TVを見たりするのよ」

「なるほど。そういう手があるのか」

「でも、そうそう自分の読みたい本を読んでてくれる人もいないしね。それに読むスピードが違うでしょ。あんまり遅いと、早くめくってくれって言いたくなるし、逆に早いとついて行けないし……」

「むずかしいもんだね」

「でも何軒かの家を回ってる内に、自分と同じような好みの人が見付かるし、見たいTVがあれば、五、六軒回れば、たいていどこかでかかってるわ」

「映画館もタダか」

「そう。時間潰《つぶ》しには格好ね。同じ映画を十回も見ることだってあるわ」

山岡は、郁子が、孤独な境遇を、ただ嘆いているのではなく、積極的に楽しもうとしていることに、強い印象を受けた。それは、彼女がただ若いから、というだけでなく、自由な心の持主だから、でもあったろう……。

「でも……」

と、郁子は少し遠くを見ながら、言った。「いくら自由に歩き回れて、好きな所へ入って行けても、決して自分が参加できない、っていうのは、哀しいわ。——本当に、そう考えて、何度も泣いちゃった」

山岡は肯いた。郁子は続けて、

「それに、話しかけても、答えてくれる人がずっといなかったでしょ。勝手にこっちで話していても、果して正しい言葉を話してるのかしら、と思うの。もしかしたら、まるで違うことを話してるんじゃないか、って……。そんなとき、とても怖くなるの。叫び出したくなることもあったわ。──死にたい、と思うことも……。幽霊のくせに、変ね」

「いや、よく分るよ」

「でも、今はこうして、話のできるあなたがいる」

郁子は、自分の腕を、山岡の腕に絡めて来た。「どこにも行かないでね」

山岡は、もう一方の手を、郁子の手に、そっと重ねてやった。

郁子の家まで来て、山岡たちは足を止めた。

「妹さんは来てないようだね」

「パトカーは停ってるのに。──中へ入ってみましょう」

郁子が先に立って中へ入る。

現場で、鑑識班の人間たちが、調べ回っていた。中央に、苦虫をかみつぶしたような顔で立っているのは、中西刑事だ。

「遅いな……」

　と、苛々《いらいら》した様子で呟いている。

「どうしたのかしら？」

「和美君を待ってるのかな」

　山岡は言ったが、中西の、不安げな表情が、何となく気になった。

「――警部、無線が」

　と、警官がやって来て呼んだ。「ホテルからです」

「そうか」

　中西が出て行く。山岡と郁子は顔を見合せ、急いで後を追った。

　中西が、パトカーの窓から手を入れてマイクを取る。

「中西だ。何をしてる！」

「すみません。久米和美が自殺を図ったんです」

　郁子が短く悲鳴を上げた。中西の表情が固くなった。

「で、様子は？」

「ゆうべ、睡眠薬を買って来て、服《の》んだらしいです。今、病院へ運びました」

「助かりそうか？」

「さあ、分りません。今のところ意識不明です」

「病院はどこだ？」

病院の名を聞くと、警官の方へ、「場所は分るか？」と声をかける。

「はい」

「よし、すぐ行く！」

中西はマイクを戻して、パトカーへ乗り込んだ。

「僕たちも行こう」

山岡は、郁子を抱きかかえるようにして、そのパトカーに入りこんだ。

「ああ、和美……」

郁子が両手を固く固く握りしめる。

「大丈夫。きっと大丈夫だ」

山岡は、郁子を抱きかかえるようにしながら言った。

「このまま死んじゃったら——あんまり可哀そうだわ」

「しっかりするんだ！　まだだめと決ったわけじゃない」

パトカーは、サイレンを鳴らして、車の波を左右へ割りながら突っ走った。病院まで、わずか十五分だったが、山岡と郁子には一時間にも感じられた。

中西がパトカーを出ると、部下の刑事が走って来る。

山岡と郁子は緊張した。

「容態は？」

と中西が訊く。

「危いです。この数時間がヤマだと――」

「そんなにか」

二人が急いで中へ入っていく。――郁子は青ざめていたが、気丈な性格なのだろう、いくらかは落ち着いて来ていた。

「さあ、行こう」

山岡は郁子を促した。

――病室は、重苦しい沈黙に包まれている。

医師が、強心剤を注射して、息をついた。

「どうですか？」

と中西刑事が訊く。

「弱ってましてね、大分。発見が遅かったせいでしょう。一応胃の中は洗浄しましたが、心臓が参っているので……」

「見込みは？」

「さあ、何とも……。これでだめだと、電気ショックか、最終的には切開して心臓のマッサージということになりますが……」

医師は言葉を切って、「この子の家族や親類などは？」

「身近には誰も。家族を殺されてしまったんですよ」

「なるほど。気の毒ですね」

山岡と郁子は、病室の隅で、じっと様子を見守っていた。郁子は、まるでにらみつけるような目で、妹を見つめている。

「先生、脈拍が弱いです」

と看護婦が言った。

郁子が、ベッドの方へと駆け寄った。

「頑張って、和美！」

と叫ぶ。

だが、その声は届かないのだ。山岡は、胸をしめつけられるような気がした。

「目を開いた」

と医師が言った。

「――どうだね？　声が聞こえるか？」

だが、その目にも、姉の姿が映らないのだ。山岡は、見ていられず、目をそらしたが……。

「郁子！――鏡だ！　あの壁の鏡を見ろ！」

と叫んだ。「鏡に映っている和美君へ呼びかけるんだ!」

郁子がハッと体を起こすと、鏡の中に妹の顔が見えるよう、体をずらした。

「和美! 鏡を見て。——お願い。鏡を見て」

和美の頭が、何かを捜すように、ゆっくりと動いた。山岡は、ゴクリと唾《つば》を飲んだ。

そして——和美の目は、鏡に止った。山岡は二人の目が合ったのを見た。

「お姉さん……」

と、かすかな呟きが洩《も》れた。

「和美。死ぬなんて馬鹿よ。生きて、生きのびるのよ。お姉さんの頼みを聞いて」

「ごめん……なさい」

「まだ間に合うわ。生きたい、と願うのよ! こっち側へ来てはだめ!」

凄《すご》い力のこもった言葉だった。それは、怒りに近い愛情の力だった。山岡は、その烈しさに、思わず身震いした。

和美が、呟くように言った。

「お姉さんのところに……行きたい」

医師と、中西刑事が顔を見合せる。

「うわごとを言ってるんだ。可哀そうに」

と、中西が首を振る。

そうでないことを知っているのは、当の姉妹の他には、山岡だけである。

「和美！　よく聞いて。お姉さんも殺されたし、お父さんも殺されたわ。悔しくないの？　犯人が捕まるのを、見届けたくないの？　頑張るのよ！　自分の手で犯人をぶん殴ってやる、と決心してみなさい。お願いよ、和美。——お姉さんのこと、好きだったら、死んじゃだめ！」

和美は、わずかだが、微笑んだ。山岡の目にも、それははっきり分った。

「お姉さん……そばにいてくれる？」

「いるわよ。目に見えなくても、いつもそばに」

「分ったわ……。私、頑張る」

「そうよ！　しぶとく生きてね。大体、和美は丈夫な子だったでしょ！」

「ひどい……馬鹿みたいじゃない……それじゃ」

和美は、もうはっきり笑顔になっていた。「疲れた……。眠るわ」

と、目を閉じる。

「先生」

看護婦が言った。「持ち直してます。脈拍数が上って来ました」

「よし、いいぞ」

医師が力強く肯いた。「もうしばらく持ちこたえれば……」

中西が首を振りながら、言った。

「不思議ですな。まるで、死んだ姉と話をして励まされたようだった」

山岡は、郁子が、ぐったりと、床に崩れ落ちるのを見て、あわてて駆けつけた。

「大丈夫か！　よくやったぞ！」

郁子は失神していた。

郁子が目を開けたのは、もう夜になってからだった。――病院の廊下の長椅子《いす》に寝かされている自分に、一瞬戸惑った様子だったが、すぐにハッと起き上る。

「大丈夫だよ」

山岡が、その肩に手をかけた。「妹さんは助かった」

「――良かった！」

郁子は安堵《あんど》の息をついた。

「幽霊も失神するんだね。初めて知ったよ」

山岡の言葉に、郁子は、笑顔になった。

「人のことだと思って、もう……」

「だけど、頑張ったね。君も妹さんも」

「あなたのおかげだわ。――ありがとう」

「いや、君の愛情さ、妹さんを救ったのは」

郁子は、ちょっと照れたようにうつむいて、

「――和美は?」

「眠っているよ。二週間もすれば退院できそうだって、さっき話をしていた」

二人は、病室の中へ入った。

和美が眠っている。――呼吸は穏やかだが、しっかりしていて、危げがない。

「ずっとついていてやったら?」

と山岡は言った。「僕は自宅へ行ってみる」

「あ、そうね。お葬式だったのね。ごめんなさい」

「いいさ。何しろ本人だからね。別に義理を欠くわけでもない」

山岡は、ちょっと郁子の肩をつかんで、病室を出た。廊下を歩いて行くと、

「待って」

と、郁子が追いかけて来る。

「何だい?」

「ちょっと――」

郁子は歩み寄って来ると、ヒョイと背伸びをして、山岡にキスした。

「お礼の気持」

そして駆けて行った。山岡は、何ともいえず幸せな気分になっていた……。

「一体、何を考えてるんだい？」

と、言ったのは、三十代半ばの、ちょっと皮肉っぽい表情の男だった。

山岡も、もちろんよく知っている。妻の祥子の弟である。東哲也といった。

山岡の、あまり感心しないタイプの男である。祥子の頼みで、山岡が就職の世話をしたのだが、哲也はたった三か月で辞めてしまった。今は何をしているのやら……。

ともかく、楽をして儲《もう》かる仕事はないか、と、そればかり考えている男だ。事業に成功した男の、豪勢な暮しぶりばかりを見ていて、そのために味わった苦労には一向に目を向けないのである。

こういう男は、結局、一生、人をうらやんで終るのだろう。

「――何のこと？」

祥子は、まだ黒いスーツだった。

居間には、祥子と、東哲也の二人が残っていた。葬儀に参列した親類縁者は、とっくに帰ってしまったらしい。

「隠すなよ」

と、哲也は、黒のネクタイを外し、ウイスキーのグラスを手の中で揺らした。「姉さんが、何か企んでるときは、すぐに分るさ」

「人聞きが悪いわね」

と、祥子は弟をにらんだ。

「どう？　図星でしょ？」

「馬鹿言わないで」

「じゃ、どうして僕を残したんだ？　いつも追っ払いたがってるのに」

「あの人の手前よ。ともかくあんたは勝手に会社を辞めちゃったんだから」

「仕方ないだろ」

と哲也は肩をすくめた。「あんな風にコツコツ働くのは、性に合わないのさ」

「誰だって、好きで働いちゃいないわよ」

「僕は一か八かの賭《か》けが好きなんだ。成功すれば、億万長者、失敗すれば……首でも吊《つ》るだけさ」

山岡は苦笑いしながら、東哲也の言葉を聞いていた。

一か八か、か。それを言うのは、可能な限りの努力をした上でのことだ。何もしないで、一か八かもないもんだ……。

「――これ、見ろよ」

と、哲也は、新聞を取り上げた。「この近所じゃないか。父親が殺され、姉も二年前に殺されていて、結局、妹が一人、取り残された。――哀れなもんさ。そんな風に、惨《みじ》めに死ぬよりは、パッと散って死にたいね、僕は」

「あんたは一生そんな風でしょうね」

と、祥子は言った。

「気楽だぜ。結婚もしないから、女房だの子供だの、妙なしがらみもない。僕は自由なんだ」

「これで、金さえあれば、でしょ？」

「そうなんだ」

哲也は、グラスをテーブルに置くと、姉の方へやって来た。「姉さん。相談があるんだよ」

「お金を貸せ、でしょ、どうせ」

「これは、いつもの話とまるで違うんだ。絶対に儲かる投資なんだ。約束するよ、五年たったら倍にして返す。ね、二千万でいいんだ」

呆《あき》れたもんだ、と山岡は思った。葬式の当日に、早くも遺産目当ての借金の申し込みとは。

絶対に儲かる商売なんて、この世にあるものか。そんなものがあれば、たちまち同業者で一杯になって、共倒れてしまう。世間はそういう風に出来ているのだ。

「いい加減にして」

と、祥子が突き放す。「あんたが考えているほど、世間は甘くないわよ」

「ちえっ！　大分、旦那に洗脳されたね」

祥子は立ち上ると、自分もウイスキーをグラスへ注《つ》いで、一口飲んだ。

「それより、私を手伝ってよ」

と、祥子が言った。

「姉さんを？　姉さんの何を手伝うんだい？　子守りでもしろっての？」

「あんたにお守りされたら、二人とも不良になっちゃうわ」

「ひどいなあ。でも――まあ、そんなもんかな」

「考えがあるの。うまくやれば、あんたにも悪い話じゃないはずよ」

哲也は、興味を持ったらしい。

「話してみて」

と、坐《すわ》り直す。

山岡にも、祥子が何を考えているのか、分らなかった。どうも、胸に何かを秘めている様子である。

祥子が口を開きかけたとき、ドアが開いて、照子が顔を出して、

「副社長の大崎様がおみえですが」

と言った。

権力の座

大崎は、いつものように、おどおどした様子で入って来ると、

「奥様、どうも……」

と、祥子へ向って頭を下げた。

副社長というには、全く貫禄《かんろく》のない男である。山岡は、いつも見ていて苛々《いらいら》して来る。しかし、それでいて、裏では営業部長の多木と結ぼうと画策したり……。どうにも、信用の置けない奴だ。

「お呼び立てしてごめんなさい」

と祥子は言った。「かけて下さいな。さあどうぞ」

「恐れ入ります」

山岡にも、祥子が何を考えているのか、さっぱり分らない。

大崎が来たと照子が知らせに来ると、急いで弟の哲也を、

「あんたは隣の部屋で話を聞いてなさい」

と、居間から出してしまったのだ。

祥子は何か企んでいるようだ。しかし、それが何なのか、山岡には、見当もつかないのである。

「大崎さん、何かお飲みになる？」

「いえ、どうぞお構いなく」

「そう遠慮なさらないで。――じゃ、アルコールはやめて、紅茶でも淹《い》れさせるわ」

祥子は照子に言いつけておいて、ソファに腰をおろした。

「実は、今夜、わざわざ来ていただいたのは――」

と、口を開く。「今後のことについて、ぜひ大崎さんに相談に乗っていただきたかったからなんですの」

「私などでお力になれますかどうか……」

「私、大崎さんを一番頼りにしておりますのよ」

と、祥子は言った。「そりゃ、竹井さんはあの通り、バイタリティのある方だし、北山さんは、とても頭の切れる方だと思います。でも、人間的な魅力はあまり感じません」

山岡は、祥子の話を聞きながら、面食らっていた。一体何を言い出すんだ？

「主人が、色々とやかく言われながら、あそこまでやって来たのは、ただ、がむしゃらだったとか、計算が巧みだったというだけじゃないと思うんです」

「そ、それは確かに……」

「ねえ？　社長たる者、やはり、人格が問題ですわ。社員に慕われ、業者に信頼される。――それなしで、どんな企業だって、うまくやって行けないでしょう」

「それは確かに……」

「その点からいいますと、私、大崎さんが一番、それにふさわしい方だと思いますわ」

大崎は面食らったように祥子を見つめた。山岡も同様だった。こんな奴に会社を任せたら、一年で潰《つぶ》れてしまう！

「奥様、大変にありがたいお言葉ですが、私はとてもそんな重責には堪えられません」

と、大崎は言った。

祥子は、紅茶が来たので、少し話を中断した。

どうやら、祥子の奴、何か裏で考えていることがあるのだ。山岡は、おぼろげながら、そう感付いた。

でなければ、いくら人を見る目がないと言っても、大崎を社長に、などとは考えまい。

「ただ、残念なことに――」

と、祥子は続けた。「大崎さんを推しても、北山さん、竹井さんが、すんなりそれを承知するとは思えません。竹井さんも北山さんも、それぞれに、株主の間に力を持っているし、味方も多いから、あの二人が、争うことになるでしょう」

「はあ」

大崎は、当惑した表情で肯《うなず》く。

「それで、ご相談なんです」

と、祥子は、身を乗り出した。

「な、なんでしょうか？」

「私、次の社長として、ある人を推したいと思っています。ぜひ大崎さんにも力になっていただきたいんです」

これには山岡も仰天した。まさか祥子がそんなことを考えていようとは……。

「しかし――」

と大崎が言いかけるのを遮《さえぎ》って、

「もちろん、大崎さんにも、決してご損のないようにしますわ。私を信じて下さい」

「はあ……それは……」

大崎は、やっとの思いで立ち直った様子で、「奥さまのお気持は良く分りますが……」

「いかが？」

「その――次の社長に、とおっしゃるのは、どなたなんです？」

祥子は、じっと大崎を見据えながら、言った。

「私です」

——これこそ、山岡には耳を疑う言葉だった。祥子が社長に？

大崎も、驚きは山岡に劣らないようだった。

「奥様！　それは——」

「無茶だとおっしゃるの？　でも、これはよくよく考えた末でのことなんです」

「はあ」

「このままでは、会社は竹井さんと北山さんで二分されてしまいます。私はそれをどうしても避けたいんですの」

「なるほど……」

「これまでは主人の力で、会社は順調に運営されて来ましたけど、これが二つに割れたら、会社の力は半分どころか、十分の一にも落ちてしまうでしょう。それだけは何としても避けたいのです。——主人がせっかくこれまでにした会社を、潰したくないんです」

祥子は熱っぽく語っている。

山岡は、妻に、こんな弁舌の才能があったことを、初めて知った。大崎は完全に圧倒されている。そして、祥子の言葉に感銘さえ受けている様子だった……。

山岡が呆気《あっけ》に取られている内に、大崎は祥子に全面的に力を貸すことを誓って、帰って行った。

隣の部屋から、東哲也が出て来たが、こちらも、ただ唖然《あぜん》としているばかりだ。

「姉さん！――驚いたな！」

「何を言ってるの。坐りなさいよ」

「ちょっとアルコールをもらうよ。一杯やらなきゃ、信じられない」

祥子は苦笑いした。

「好きになさい。ただし一杯だけよ」

「ああ。――だけど、姉さんがまるで別人みたいだったぜ、ほんとに」

哲也はウイスキーをあおった。

「私だって、ただのお人形でいるのは真っ平よ。社長の未亡人として、夫の持っていた株は私のものなんですからね」

「本気で社長をやる気なの？」

「冗談だと思ってるの？」

キッとなって、祥子は哲也を見つめた。

「分った、分った。信用するよ」

祥子は、タバコに火を点《つ》けると、ゆっくり煙を吐き出した。

「――もう、ずいぶん前から、考えていたことがあったのよ。私は一体何者なのか、ってこと」

祥子は、半ば自分へ向って語りかけているようだった。

「社長の妻。でも、その役割は？　お客がみえればお相手をして、それも仕事の話なんか出ない。『お子さんはいかがですか？』『ええ、おかげさまで元気でおります』——こんな馬鹿げたことしか、言わないのよ。夫にとっては？——仕事のことを訊いたって、『お前は、そんなこと気にしなくていいんだ』で片付けられてしまう。そりゃあ、主人にしてみれば、親切のつもりだったかもしれないけど、私は、まるで自分が無能な人間に見られたような気がして、傷つけられたわ。主人はそんなこと、考えてもいなかったでしょうけどね」

山岡は、粛然たる思いで、妻の言葉を聞いていた。自分は人並以上に、妻に幸せな生活を与えてやっていると自負していたのだ。しかし……。

「私は主人にとって、妻という一つの役職に過ぎなかったのよ。与えた仕事だけをやっていればいい。そして時々——気が向いたとき、ベッドのお相手をしてくれる。——ただ、それだけの存在だったの」

「で、それに反逆したくなったんだね」

と哲也は言った。

「そうね。——でも、自分でも、そんなはっきりした意志を持っていたわけじゃないの。主人が死んだときよ、はっきりそう思ったのは。それまで、もやもやした霧のようだったものが、主人の死をきっかけに、はっきりとピントが合って見えるようになったの」

「まるで『人形の家』だな」

と、哲也は、ニヤリと笑って、グラスにまたウイスキーを注いだ。

祥子は、弟の言葉にちょっと笑って、

「『人形の家』ね。確かに——でも、ノラは家を出て行ったけど、私はそうはしない。自分の座にしっかり腰を据えて、新しい人生をやり直すのよ」

「恐れ入ったな。姉さんを見直したよ」

と、哲也は、グラスを上げた。「乾杯!」

「一杯だけと言ったでしょ。飲んだくれじゃ、私の部下はつとまらないわよ」

「姉さんの部下?」

「そう。今度の計画のために、動いてくれる人が必要なの。もちろん、私が表立って動くわけにはいかないから、それをあんたに頼みたいのよ」

「へえ。面白そうだね。そういう、影で動く役回りって好きなんだ」

「そうでしょう。あんたにはピッタリよ」

「何だか手放しじゃ喜べないね」

と、哲也は楽しげに言った。「で、差し当り僕は何をすればいいの?」

「竹井専務の行動を監視してちょうだい」

「竹井?——さっき言ってた、バイタリティ溢《あふ》れるタイプの方だね」

「そう。あの人は、社長の座を、力ずくでももぎ取るつもりよ。私が話をしたくらいじゃどうにもならないわ」

「で、何を調べるの？」

「総《すべ》て」

と、祥子は言った。

「簡単に言うね」

「あんた一人の手に負える仕事じゃないでしょう。必要なら人を使ってもいいわ。お金はもちろん私がもつから」

「ＯＫ。そういう仕事には、うってつけの奴を知ってる」

「いい？　竹井専務の私生活から何から、総てを洗い出すのよ。あの人が、私の要求に従わざるを得ないような弱味を、この手につかんでおきたいの」

祥子の目には、妖《あや》しい火が燃えていた。それは山岡が知っていた祥子と同じ姿をした別人のようだった。

山岡は、その妻の姿に、一種の恐怖すら覚えていた……。

「もう一人の奴は？」

と哲也が訊《き》く。「何てったっけ？」

「北山さんね。クールなタイプだわ」

「そいつの方も調べる？」

「それはちょっと待って」

と、祥子は首を振った。「私に考えがあるの。——思いの他、楽に行くかもしれないのよ」

「へえ。何か握ってるのかい？」

「まあね」

祥子は、ちょっと思わせぶりに言った。

「じゃ、明日から、早速その竹井って奴を調べにかかるよ」

「だめよ」

と、祥子は言った。「今夜から、すぐに始めてちょうだい」


山岡は、祥子が浴室でシャワーを浴びているのを眺めていた。

熱い湯気が、まだ若々しい肢体を包んで揺らぐ。

別に、妻の裸を見たくて、ここにいるのではなかった。——ただ、こうして今、歌を口ずさみながら、体を洗っている女が、本当に妻の祥子なのかどうか、確かめたいと思っているだけなのである。

いや、本物の祥子には違いない。しかし、それは生れ変った祥子だった。

祥子は、山岡が死ぬ前に比べて、若返ったようにさえ見えた。おそらく、権力への欲望が、彼女の肌にまで、張りを持たせているのだろう。

人間は——いや、女は、こんなにも変ってしまうものなのか。

山岡は、部下や、出入りの業者たちが、手のひらを返したように彼を裏切ったときよりも、ずっと大きなショックを覚えていた。祥子が、こんな形で反乱を起こそうとは、思ってもみなかったことだ。それだけに、ショックは大きかった。

浴室を出ると、祥子は口笛さえ吹いている。山岡は、静かに——といっても、音をたてたくてもたてられないのだが——寝室を出て、玄関へと歩いて行った……。


「お姉さんが、あの鏡に映ってたんです」

と、和美は言った。「そして、私に、死ぬな、って言ったんです」

「そうか」

中西刑事は肯いて、「きっとお姉さんの気持が君に通じたんだね」

「ええ。私、頑張ります」

「その意気だ。その元気なら、アッという間に退院できるさ」

中西は、微笑《ほほえ》んで見せて、「じゃ、これで失礼するよ」

「捜査の方はどうなんですか?」

訊かれて、中西は頭をかいた。

「実は、あまり進展していないんだ。しかし、必ず犯人を挙げてやる。約束するよ」

「お願いします」

と和美は言った。

その妹の様子を、郁子は病室の隅で見守っていた。

「――やあ」

山岡がそっと郁子の肩に手を置く。

「あら、おはよう」

「どうだい、妹さんは?」

「病院の人がびっくりしてたわ。だって朝食のおかわりをくれって言うんだもの」

「それなら安心だ」

と、山岡は笑った。

「お宅の方は?」

「それが、妙なことになってね……」

山岡はため息をついた。「女は魔物だな、全く」

わけが分らず、郁子は目をパチクリさせた。

「そうだったの」

と、郁子は山岡の話を聞いて肯いた。「じゃ、奥さん、新しい生きがいを見つけたっていうわけね」

「それが心配なんだ」

と、山岡は言った。

「あら、どうして？」

――二人は明るい陽射しの中、病院の前の芝生に腰をおろしていた。

「女房も、それなりに勉強もしたらしいし、覚悟もしているようだ。しかし、現実は、社長の座に就くというのは、容易なことじゃない」

「それはそうでしょうね」

「いや、社長になること自体は、何とかなるとしても、その地位を保って行くのは大変な仕事だ。別に自分がやっていたから言うわけじゃないぜ」

「それは分るわ」

「椅子《いす》取りゲームをやってるつもりで、社長の椅子に坐ってみても、女房にはどうしていいか分るまい。――差し当り、大崎や、竹井、北山が協力したとすれば、会社は何とかやって行けるだろう。しかし、竹井や北山が、そういつまでもナンバー2の地位に甘んじているとは、どの道、考えられないからね」

「今度は奥さんが社長の座を追われることに？」

「そうなったら惨《みじ》めだよ。もちろん、祥子は僕の妻だ。路頭に迷う、ということはないだろう。しかし、態《てい》よく、仕事のない名前ばかりの閑職に追いやられるのは目に見えているよ」

「――心配なのね」

「ああ」

と山岡は肯いた。「もう、僕は死んじまったんだし、どうなろうと構わないようなもんだが、女房があんな気持になったのも、僕が家を放り出していたせいかもしれないと思うと、責任を感じてね……」

郁子は微笑んだ。

「優しいのね」

「よせよ」

山岡は、ゴロリと横になると、

「いっそ社長になり損なえば、それに越したことはないんだけど、一旦《いったん》なってしまうと、人間、そこにしがみつきたくなるもんだからね」

「当然よね、それは」

「はた目には見っともなく見えても、本人にしてみれば必死だよ。一旦そこから退けば、もう二度とは取り戻せない」

「奥さんが、社長になれると思う？」

「分らない」

と、山岡は首を振った。「むずかしいとは思うが、あいつには自信があるようだった。

――僕のまだ知らない、何かを握ってるんだ。そこが気になるんだよ」

郁子は、ちょっと考えて、訊いた。

「私にお手伝いできることは？」

「手つだうって、君が？」

と、山岡は郁子へ訊き返した。

「奥さんが何を考えているのか、何をするつもりなのか、それを調べるのよ。――和美の方はもう心配ないようだし」

「しかし、君にそんな迷惑を――」

「いいわ。時間はたっぷりあるんだもの」

山岡はちょっと考えて、

「よし、分った」

と肯いた。「じゃ、僕の方は君のお父さんを殺した犯人捜しに協力しよう。これで取引き成立だ」

「いやね、まだ商売っ気出してる」

と、郁子は笑った。

「一つには、女房の弟、哲也だ。竹井のことを調べるのに取りかかっているはずだ。君は哲也を見ていてくれるかい？　僕は女房が北山をどう攻略するつもりか、気になるんだ」

「ええ、いいわ。で、その人は？」

「確か、どこかのマンションにいるはずだよ。地図を描こう」

「分った。任せておいて」

「じゃ、今夜、またこの病院で落ち合うことにしようか」

「いいわ、何時？」

「夜の……十二時でどう？」

「いくら遅くても叱られる人がいないから、気が楽よ」

と、郁子は言った。


夜、十二時三十分。

郁子は欠伸《あくび》をした。幽霊だから、眠いわけではないのだが、退屈なのである。竹井という人物、全くタフなのには驚かされる。

夕方の六時から、すでに四人の人間と会って話をしている。それも、食事をとりながら、仕事の話だ。

とても、郁子の想像の枠におさまり切らない人物である。

竹井をつけ回している、東哲也の方は、並の人間なので、もうヘトヘトというところだった。

こういうタイプなら、郁子も何度か見たことがある。およそ、地道な労働とは縁遠い怠け者だ。

「畜生、いい加減にしやがれ」

と、グラスをぐいとあけてグチった。

高級クラブの中なので、薄暗く、竹井の様子もよく見えないのだ。支払いは姉の方だから構やしないが。

「――竹井様、お電話でございます」

と、バーテンが呼びに来る。

「何だ、こんな所まで――」

と、竹井はブツクサ、言いながら、立ち上った。

ＢＧＭが少し小さくなった。

「ああ、竹井だ。――何だ、お前か。どうした？　何だと？」

竹井の顔色が変った。

秘密

タクシーは、あるマンションの前で停った。

竹井が、大急ぎで降りて来ると、マンションの中へと駆け込んで行く。

もう一台のタクシーが、マンションの少し手前で停った。

「ご苦労さん」

東哲也が、運転手へ料金を払う。「つりはいいぜ。取っといてくれ」

「どうも」

――どうせ自分で払うわけでないとなると、急に哲也も気前が良くなる。

哲也の乗って来たタクシーに、郁子は同乗して来ていた。

哲也は、マンションの前に立って、どうしたものか、と考え込んでいる様子だった。竹井がどこの部屋に入ったか、分らないわけである。

しかし、その点、郁子は強い。どこの部屋だって、スッと入って行ける。

ともかく、マンションの中へ入ってみた。エレベーターは五階で停っている。竹井があれで上ったとすれば、五階のどこかにいるのかもしれない。

郁子は階段を上り始めた。エレベーターで、というわけにはいかないのが、辛《つら》いところである。

しかし——実際、郁子には、竹井の、ただならぬ様子が気になっていた。

竹井は、あのタフな仕事ぶりからみても、少々のことでは動じない、豪放なタイプの男だろう。その竹井が、電話を聞いて、顔色を変えたのだ。

「おい、今、何といった？——すぐに行く！　しっかりしろ！」

その声は切迫していて、真剣そのものだった。よほど大変なことが起ったらしい。

竹井は、さすがに電話を切ると、平静を保って、店を出たが、タクシーに飛び乗ると、大声で行先を怒鳴っていた。後からあわてて店を出た哲也が、尾行できたのは、幸運と言って良かった。

竹井のタクシーがすぐに赤信号にひっかかり、哲也の乗ったタクシーの運転手がベテランで、その後にピタリとくっついていて離れなかったのである。

あの竹井を、そんなにひどく動揺させたのは一体何だったのか？

郁子は、少なからぬ好奇心に、駆り立てられていた。

五階に上って、郁子は廊下を歩いて行った。幽霊として、いくらでも部屋を勝手に覗《のぞ》けるのだが、郁子は、それだけはやりたくなかった。

必要な場合だけ。それは幽霊としての郁子が、自分に課した「枠」である。

いくつめかのドアの前を通りかかったとき、中から竹井らしい声がした。

「そうだ！ すぐ来てくれ！」

郁子は、そのドアを通り抜けて、中へ入って行った。

竹井は電話を置くところだった。眉を寄せ、額に深くしわが刻まれている。

竹井が奥のドアを開けて入って行く。

マンションは、何だか妙な印象を、郁子に与えた。

洒落《しゃれ》た造りで、いかにも高級マンションなのだが、それにしては、部屋の中が……。

ともかく、可愛いのだ。当世風に言うと、「乙女《おとめ》チック」というのか、やたらにぬいぐるみだの人形だのが転がっていたり、壁紙からカーテン、電話台に至るまで、郁子にだって少々幼な過ぎると思えるような品ばかりである。

一体、どういう人が住んでいるのだろう？

郁子は、竹井の後をついて行った。

寝室らしい部屋のドアが開け放してある。――竹井の背中が動くと、ベッドが目に入った。

大きなダブルベッドである。郁子ぐらいの体格なら、三、四人は寝られそうだ。

そこに女が一人、横になっていた。

バスローブをはおっているが、その下はほとんど裸らしい。白い足が、半ば開き加減に投げ出されている。

胸を大きく開いて、苦しげに喘《あえ》いでいた。気分が悪いのだろう、ひどく青ざめて、額に一杯の汗を浮かべている。

「どうだ？」

竹井は、近くに行くと、そっと声をかけた。「今、救急車が来るからな」

郁子はちょっと驚いた。あの、タフでエネルギッシュな竹井からは、想像もつかないような、優しい声である。

「ごめんなさい……」

女の声は、今にも消えてしまいそうなほど、か細い。

「何も言うな。五分もすれば、救急車がやって来る」

竹井が、女の手を取る。

寝室の中は薄暗くて、女の顔がよく見えなかった。

郁子は、近づいてみて、目を見張った。横になっているのは、女というより、少女といった方がぴったり来る――どう見ても、せいぜい十六、七にしかならない娘だったからだ。

一体どうしたというのだろう？　何か発作でも起こしたのか。

「ねえ……」

と、その娘が言った。

「何だ?」

竹井が、娘の上にかがみ込む。

「あなたは……もう行って」

「何だと? 馬鹿を言うな。このまま、お前を放って行けるか」

「でも……こんなことが知れたら……大変よ。私は大丈夫」

竹井は苦しそうに目を伏せた。娘が、竹井の分厚い手を取った。——郁子は、ナイトテーブルの上の空《から》の薬びんに気づいた。

郁子は、マンションの居間へ入って、中を見回した。

他の部屋と同様、可愛い人形やらぬいぐるみ、それにミッキーマウスのポスターだのステッカー……。

まるきり「子供部屋」の印象である。

どうやら、あの娘は、自殺しかけたらしい。薬を服《の》んで、それから恐ろしくなって竹井へ電話したのだろうか。

しかし、あの娘、竹井とどういう関係なのだろう?

ごく当り前に考えれば、恋人——愛人というところか。

「まさか!」

と、郁子は呟《つぶや》いた。

いくら何でも、まだやっと十六か十七の少女である。郁子にはとても、考えられない。

ふと、郁子はテーブルの上の置手紙らしいものに気が付いた。近づいてみる。

今の女の子の字というのは、妹の字もそうなのだが、全体に丸っこくて、マンガ的である。その置手紙の字が、正にそれであった。

してみると、あの娘の書いたものに間違いなさそうだ。——郁子は文章を読んでみた。

〈パパへ。私、もうとってもガマンできない。こんなふうに、一か月に一度も会えないようじゃあ、いくらおこづかいをもらっていたって、すごく不幸だわ。といって、今さらウチへ帰るわけにいかないし。私、クスリをのんで死にマス。幸せにね、パパ。明子より〉

何だか、ずいぶん幼ない手紙である。

やたらにカナの多いせいで、真面目に書いているのかしらと首をひねりたくなるが、しかし、よく見ると、この娘なりに、精一杯、自分の心の内を書こうとしていることがよく分る。

やはり、この明子という娘、竹井の愛人だったらしい。見た目はともかく、十八ぐらいにはなっているのかもしれない。

狂言とか、そんな様子ではなかった。それなら、あの竹井が、見破っていることだろう。

郁子は、寝室へ戻ってみた。

「――ねえ、本当に大丈夫よ、私」

と、娘が言っていた。

「ああ……」

竹井は、そう言ったものの、一向に動こうとはしない。そこへ、サイレンの音が近づいて来た。

「救急車だわ。――ねえ、人目につくわ。もう行って」

「分ったよ」

竹井は、娘の手を握ると、身をかがめて娘にキスした。「必ず病院へ行くからな」

「いいのよ。――私が勝手にやったことだもの」

娘はいくらかしっかりした声で言った。郁子が、ふと胸の痛みを覚えるほど、哀しげな声だった。

「俺のせいだ。すまないと思ってるよ」

竹井は、明子という娘に言った。「じゃ、俺は外に出てるからな」

「ええ、分ったわ」

娘は肯《うなず》いた。

竹井が、マンションの部屋を出て、廊下を足早に立ち去る。――マンションの前に救急車が停るのと同時だった。

郁子は、寝室に残って、その娘の様子を見ていた。竹井がいなくなった後、どんな表情を見せるか、興味があったのである。コロリと変って、舌でも出すか、と思っていたが、その予想は外れた。一人になると、娘は深々と息をついた。そして——泣き出したのである。ワンワン声を上げて泣くのでなく、じっと声をかみ殺し、抑えて泣いている。——何とも切なげな涙であった。

この娘、本当に竹井を愛しているのだ、と郁子は思った。そして、疑っていた自分が少々気まり悪くなって、寝室を出た。

廊下へ出ると、救急車の隊員が、担架を手にエレベーターから出て来たところだった……。

「——電話してくれたのは？」

隊員に訊《き》かれて、明子という娘は、ゆっくりと首を振った。

「知らない人……。苦しくてうめいてたら……表を通ったらしくて、中へ入って来てくれたんです」

「それで、名前も訊かなかったの？　困ったなあ」

救急車へ運び込む段になって、文句を言っている。見ていて、郁子は苛々《いらいら》した。

「じゃ、ともかく運ぼうよ」

と、一人が言って、やっと救急車の扉が閉じた。

どこへ運ばれて行くのだろう？

おそらく誰よりも気にしているのは、竹井に違いない。

郁子は、竹井が物陰に隠れて、明子が運ばれて行くのを見守っているのに気付いていた。

「OK。じゃ出発」

サイレンが夜の静寂をかき回す。救急車が走り出した。

マンションの住人たちが、五、六人出て来て、見物していた。郁子は、その人たちの方へ近づいて耳を傾けてみた。

「あの若いのに、男に囲われてるんだから、こんなことになるのよ」

「年中別の男が出入りしてるって？」

「そう？　どうせ乱れていることぐらいは分ってるけどね」

「自業自得ってもんよ」

したり顔で肯き合う婦人たち。

郁子は、腹が立って、手応えはなくとも、拳《こぶし》を固めて、その女たちを殴りつけてやった。

救急車が行ってしまうと、マンションの住民たちも、部屋へ戻って行く。

竹井が、物陰から出て来ると、マンションを見上げて、ため息をついた。

ひどく、疲れているように見えた。——意外な顔である。

タクシーを探すのか、竹井が通りを歩いて行く。——あの、明子という娘のことを考えているのだろう。

郁子は、その竹井の後ろ姿を見ていたが、ふと振り向いて、ハッとした。

東哲也だ！　すっかり忘れていた。

哲也は、一部始終を見ていたに違いない。ニヤニヤと笑いながら、

「こいつはいいや……」

と呟いてる。

哲也としては全くの幸運で、竹井の秘密を見つけたわけだ。

郁子は、いやな気分だった。——竹井に、少し同情したくなっていた……。


「そんなことがあったのか」

と山岡が肯く。

「竹井さんのことはよく——？」

「いや、私生活まではね。それに、竹井がそんな若い娘を囲っていたなんて、初耳だな」

「かなり本気みたいだったわ」

「ますます危いね。竹井にとっては、命取りのスキャンダルになりかねない」

「気の毒だわ」

と、郁子は言った。

和美の入院している病院の中である。――そろそろ朝になる。

「長いなあ、眠らない夜は」

と山岡が言った。

「本当に……」

郁子は、あの明子という娘が、どこの病院で一夜を明かしたのかしら、と思った。

「――あなたの方は？」

「僕かい？　いや、まだ今のところ何もつかめない」

「父の殺されたことはどうなってるのかしら？」

「一応、警察にも行ってみたけれど、進展はないようだね」

「殺され損ね、それじゃ……」

「きっと何かつかめるよ」

山岡は、郁子の肩を抱いた。郁子は、頭を山岡の肩にのせる。

「色々な哀しみがあるのね」

と、呟く。

「どうして？」

「殺された者の哀しみ、生きてる者の哀しみ、それに恋してる者の悲しみ……」

「それから、幽霊の哀しみか」

「そうね」

郁子は、微笑《ほほえ》んで、「——幽霊はいくら哀しくても、誰も同情してくれない。つまんないわ」

と言った。

哲也が、竹井の秘密を握った、と聞いて、山岡は、ちょっと心配になって来ていた。

妻の祥子の、社長になりたいという、とんでもない野望に、ストップをかけられる者として、一番強力なのが、竹井に違いないと思っていたからだ。

おそらく、祥子もそれが分っているからこそ、弟の哲也に命じて、竹井の私生活まで、探らせようとしたのだ。そして、全くの幸運からだが、あのぐうたらな弟は、竹井の秘密を握った……。

これで竹井を攻略できるかどうかはともかく、一つの武器にはなり得るだろう。

もう一人の北山の方はどうするつもりなのか、そこが山岡には気になっていた。

祥子には、北山を説得する自信があるように見えた。その根拠がどこにあるのか、山岡には全く分らないのである……。

「――明日はどうするの？」

と、郁子が訊いた。

「うん。そうだなあ……」

「私は、あの明子って女の子のことが気にかかるの」

「分った。じゃ、様子を調べてくれ」

「どこへ入院したのかしら？――そうか、竹井さんを見張っていれば分るわね」

「いいぞ、さすが名探偵だ！」

「冷やかさないで！」

と、郁子は山岡をにらんだ。「朝になったら、あなたの会社へ連れてって。竹井さんを見張らなくちゃね」

「そうか。よし。ラッシュアワーの電車に乗ってみるかい？」

「電車ぐらい、年中乗ってますよ」

と、郁子は言い返した。

「これで、よく死なないわね」

郁子は、呆《あき》れ顔で言った。

もちろん、郁子とて混んだ電車に乗ったことぐらいはある。生前のことだ。

しかし、今のこの混雑は……。およそ郁子の想像を絶した、もの凄《すご》さだった。一緒に乗っていると、幽霊で何も感じないはずの郁子でさえ、何だか圧迫感を覚えるほどだった。

「会社に行って、仕事をする力なんて、残ってるのかしら?」

と、郁子は言った。

「こういう連中の力で、日本の社会は動いてるのさ」

と、山岡は言った。

正直なところ、山岡も、こういうラッシュアワーの電車から遠ざかって、久しい。一段とひどくなった混雑には、目を見張る思いだった。

「さあ、降りよう」

と、駅に着くと、山岡は促した。

「降ります!」

と必死で声をかけて、人を押しのけるサラリーマン、そしてOLに、郁子は、ただ唖然《あぜん》としていた。

会社へ入ると、山岡は、息をついて、足を止め、ゆっくりと中を見回す。

まだビルの入口だから、見えるものといっては、ホールと受付ぐらいのものだが、それでも、一種の感慨が山岡を襲った。

「そんなに感激してないで」

と、郁子が山岡をつついた。「先を急ぎましょ」

「分ったよ。——ああ、受付の子、どうだい？　なかなか可愛いだろう？」

「あなたの趣味で選んだの？」

「そうじゃない。しかし——まあ、それもあるかな」

「竹井さんの部屋は？」

「七階。重役室だ」

「まだ、八時四十八分よ。来てないんじゃないの？」

「いや、竹井は早いよ。ともかく精力的に働くからね。ああ、秘書の三宅が来た。一緒にエレベーターに乗って行こう」

三宅と同じエレベーターに乗り込んで、扉が閉まりかけると、足早にやって来た男がいる。三宅が扉を押えて、開けておいたので、乗り込んで来て、

「やあ、ありがとう」

と、息を弾ませる。

「おはようございます」

と三宅が頭を下げる。

「誰なの？」

と郁子が訊いた。

「うちのお得意の一人だよ。威張りくさってるだろう？　腹の中で何を考えているか分らないってタイプだ」

「まあ、悪いわよ」

「本当だから仕方ないさ」

その客は、エレベーターが上り出すと、

「どうかね、仕事の方は」

と、三宅に声をかけた。

「はあ。一応支障なく——」

「そうか。君も大変だったね」

「はあ……」

と、三宅が戸惑い顔になる。

「いや、あの社長の下で働くのは大変だったろう、と思ってさ」

「はあ。でも、仕事でございますから」

「それにしてもさ。社長さんは威張りくさってたからなあ。それに腹の中じゃ何を考えているか分らんという人だった」

「はあ……」

——郁子は、プーッとむくれている山岡を見て、クスクス笑い出していた。

七階で降りると、山岡は、つい無意識に、社長室へ向いそうになった。

「竹井さんが先よ」

と、郁子が山岡の手をつかむ。

「うん……。分ってる。こっちだ」

竹井のいる専務室のドアを通過すると、山岡は、おや、というように、

「来てないんだ」

と言った。

竹井が、この時間になっても、来ていないというのは、珍しいことである。

「きっと病院に寄ってるのよ」

と、郁子が言った。

「そうだな。きっとそうだ」

竹井の秘書が入って来て、女性事務員と話をしている。

「——確かにそう言ったのかい、午後の出社だって?」

と秘書が訊く。

「ええ。先ほどお電話で」

「本当に専務かい？　別の人間じゃなかった？」

「まさか！　専務のお声くらい、私にも分りますよ」

「こりゃ、槍《やり》の雨でも降るかな」

「のんびりと、コーヒーでも飲んでようかしら、私」

「悪くないね。こんなことは一生に一度、あるかないかだぜ」

「同感。何かあったのかしら？」

「あの人が病気とは思えないがね」

「でも人間よ」

「見かけは、ね」

「ひどい」

と、女性の方は笑っている。

「本当さ。ありゃサイボーグで、足にキャタピラをつけ忘れたタイプなんだ」

「本当にそんな感じね。――ねえ、お互い、ボスが来ないと仕事にならないし、下へ行ってお茶でもどう？」

「いいね。――今夜の相談、といこうか？」

「やめてよ」

と、女性の方は赤くなる。「ホテルはごめんだわ。あなた頼りなくて。お金が足んなくなるなんて、ひどいわよ。女を誘う資格なし！」

「そう言うなよ。あのときだけじゃないか」

「一度ありゃ沢山。――ともかく、モーニングコーヒーはおごっていただきますからね」

「OK。じゃ、行こう。打ち合せってことにして」

「打ち合せには違いないものね」

二人は、楽しげに話をしながら、専務室を出た。

残った山岡は呆れて、

「これじゃ仕方ない。僕の部屋は、もっとキチッとして――」

と言いかけたが、「いや、やめといた方が無難だな」

「私が見ててあげるわ。話も耳に入るようにしてね」

「気が進まないね」

と山岡は苦笑した。

「あら――」

と、郁子は言った。「竹井さんだわ」

竹井が専務室に入って来る。机の前に立って、電話で外線を回す竹井を、山岡たちはじっと見守っていた。

水面下の闘い

竹井は、受話器を手に、ゆっくりと椅子《いす》に坐《すわ》った。

「何だか疲れてるようだな」

と、山岡は言った。

「そう？」

「うん。いつもならもっと忙しそうにしているよ」

竹井は、なかなか相手が出ないので、苛々《いらいら》しているようだったが、

「——あ、先生ですか。竹井です」

と、急に愛想のいい口調になって、「——ええ、色々とどうも。——はあ、一応、手配してありますので、間違いなく……。どうかよろしく」

何度も頭を下げて、

「——え？——いや、ちょっと知人の娘なんですよ。——ええ、自殺未遂というのが公になっては困ると——そうなんです。よろしくお願いしたいんですが——」

「どうやら、あの明子って娘を、知っている病院に移したみたいね」

と、郁子は言った。

「気になって仕方ないんだろうが、仕事を放り出すわけにいかない、というところだろうね」

「そう？　私なら、仕事なんか放り出しちゃうわ」

山岡は笑って、

「平社員なら、それでもいいさ。こういう人を使う立場になると、そうもいかなくなるんだよ」

「そうかしら」

と、郁子は口をちょっと尖《とが》らして、「でも、あなたみたいに、突然死んじゃうことだってあるじゃないの」

そう言われると、山岡も何とも言えなくなる。——確かに、俺が死んでも、一応仕事は平常通り進んでいる。このまま行くかどうかは別だが。

電話を終えると、竹井は、息をついて、立ち上り、窓辺に行って外を眺めていた。

何かを見ている、というのでなく、考えごとをしている様子だ。

しばらくして、秘書が口笛など吹きながら入って来ると、竹井が立っているので、ギョッとして、

「お、おはようございます!」

と頭を下げた。

「どこへ行ってた? 何時だと思ってるんだ!」

「は——あの——申し訳ありません」

「午後の資料は?」

「はい、これからコピーを——」

「遅いぞ! 半分、コピーして持って来い。先に読んでいる」

「かしこまりました」

秘書が飛び出して行く。山岡は、ニヤリと笑った。こういうところは、相変らずだ。

ドアが開くと、営業部長の多木が、入って来た。

竹井は、多木を嫌っている。多木のように少し理屈っぽいところのあるタイプは、苦手なのである。

「ちょっと構いませんか?」

と、多木は穏やかに言った。

「忙しいんだがね」

竹井は顔をしかめたが、肩をすくめると、「かけたまえ」と椅子を手で示した。

「大して時間は取りませんよ」

「そう願いたいね」

「次期社長のことで、お話があるんです」

多木はズバリと切り出した。

「どんな話だ?」

「もちろん狙っておいででしょう」

竹井は苦笑して、

「狙っていないと言って、信じてくれるかな」

「それもそうだ。――ところで、大崎さんの様子が、ちょっとおかしいんですよ」

「あいつは大体が小心者だからな。誰につけばいいか迷ってるんだろう」

「そうばかりでもないようですよ」

多木の言い方には、どこか含みがあった。

「――何か知っているのか?」

と竹井は訊《き》いた。

「社長が亡くなった夜、大崎さんが私の所へ電話して来ましたよ」

「大崎が君に?」

「ええ。力になってくれ、と言ってね」

竹井は本当に面食らっていた。

「大崎が！――驚いたな！」

「でしょう？　外見とは裏腹に、なかなかのタヌキですよ、あの人は」

多木は、一つ息をついてから、

「それだけじゃありません。今日、わざわざ私を呼んで、大事な話があるというんですよ」

「どんな？」

「分りません」

と、多木は首を振った。「しかし、例の件に関係があることは確かですよ」

竹井は、値ぶみでもするような目で、多木を眺めた。どこまで信用していいものかと考えているのだろう。

「――で、私に話というのは？」

と竹井は訊いた。

「今夜、大崎さんと会います。――話の内容を知りたくありませんか」

竹井は顎《あご》をさすった。

「どうしてそんなことを？」

「次の社長は竹井さんとにらんでるからですよ」

と多木は言った。「いかがです？　大崎さんでは荷が重い」

「すぐ潰《つぶ》れちまうさ。——OK。いいだろう。君が大崎と話をする。それを君が正直に私へ伝えてくれるとどうして分る？」

「任せて下さい」

と、多木はポケットへ手を入れた。

多木が取り出した物を見て、山岡はギクリとした。

「あの小さい物、なあに？」

と郁子が覗《のぞ》き込む。

「盗聴機だよ」

「あんなに小さいの？　へえ！」

郁子は感心している。

山岡の、自分の家の書斎にも、盗聴機がしかけられていた。これは偶然なのだろうか？

「なるほど」

竹井は、それを手に取って、「どれぐらい離れて受信できるのかね」

「百メートル以内なら。車の中ででもどうぞ」

「いいだろう」

と竹井は言った。「その話を聞いて、後のことを考えようか」

「いいですね」

と、多木は肯《うなず》いた。「何を言い出すか、楽しみですよ」

秘書がコピーを手に入って来たので、多木は立ち上って、

「では、お邪魔しました」

と一礼して出て行った。

多木のことを、山岡は見損ったと思った。色々と苦言は持って来る男だが、汚ないことはやらないと思っていたのだ。

それが盗聴機とはね……。

「複雑怪奇ね」

と郁子が言った。

正にその通りだ、と山岡は思った。

山岡と郁子は、竹井の部屋を出た。

「どこへ行くの？」

「うん、北山の部屋へ行こう。どうも気になる」

北山の部屋は、まるで病院みたいである。つまり、整理が行き届いていて、白いものが多い。北山の好みであろう。

北山は、英文の手紙に目を通していた。

「常務」

と、課長の一人がやって来た。「昼にお約束を――」

「ああ、分ってるよ。予定してある」

「ありがとうございます。では、五分前にでも――」

「二分前で充分だ」

「分りました」

北山は、デスクの電話が鳴り出したので、手紙を見たまま、受話器を取った。

「はい、北山です」

少し間を置いて、「それはどうも！」

と、北山の口調がガラリと変った。

「今日、昼ですか？　もちろん構いませんとも！」

あの電話、祥子からかもしれない、と山岡は思った。

「かしこまりました、奥様」

と、北山は一礼した。

「あなたの奥さんのこと？」

と郁子が山岡を見る。

「それはそうさ。他にいない」

山岡は肯いた。

北山は、課長との約束をさっさと取り消すと、秘書を呼んだ。

「お呼びですか」

なかなか若い美人である。北山が選んだのだが、ちょっと意外な人選に、山岡はびっくりしたものだ。

「ああ。今日の午後の約束は？」

「こちらです。一時からは——」

「ああ、いいよ。こっちへ見せてくれ」

北山は表を眺めて、「——一時までの分はのばしてくれ」

と言った。

「はい。——いつにしますか？」

「また追って知らせる。社葬の予定が決っていないので、とか言っとけ」

「かしこまりました」

秘書が出て行くと、北山は、手紙にサインをした。それから、急に立ち上って、口笛を吹きながら、楽しげに部屋を出て行く。

山岡たちがついて出てみると、北山は、秘書へ、

「ちょっと、ヒゲを当ってくる。今朝、剃《そ》り忘れてね」

と声をかけて、行ってしまった。

「呆《あき》れたもんだ」

と山岡は言った。

「奥さんとお昼に会うので、めかしこもうっていうのね。——見かけによらず、調子のいい人だわ」

「全くだな」

山岡は、分らないもんだ、と思った。

あの豪快な竹井が、恋に悩んでいるかと思えば、北山は社長の未亡人に会うからといって、わざわざめかしに行く。一本気に見えた多木が、盗聴機まで使って、うまく立ち回ろうとしている。

俺は社長として、少なくとも身近な、管理職の連中の性格は把握しているつもりでいた。

それなのに……。

山岡は、すっかり自信を失ってしまった。

「奥様！　お待たせして申し訳ありませんでした」

北山は、ピンと背筋を伸ばしたまま、一礼した。

「いいえ。車が、思ったより早く来たものですから。ごめんなさいね、お忙しいのに、お呼び立てして」

祥子は、グレーの、スーツ姿だった。まさか黒服というわけにもいかなかったのだろう。

ここは、会社の近くにあるホテルの最上階である。レストランだが、並のサラリーマンで入れる値段ではない。

「奥様のご用なら、いつでも」

と、北山は椅子にかけながら言った。

食事の間、祥子は、仕事の話は一つも出さなかった。

専《もっぱ》ら、北山の方が、山岡のことを賞《ほ》めちぎっているのに耳を傾けていたのである。

「あれじゃ、あなたがノーベル賞をもらわなかったのが不思議ね」

郁子がからかった。

「北山の奴……。一体、何のつもりだ」

山岡は仏頂面をしていた。——いささか、だらしのない話だが、山岡の注意は、主として、二人の食べている料理の方に向いてしまった。

「ねえ」

と、山岡が言った。「お腹が空かないっていうのは、つまらないもんだね」

「え?——ああ、そうね。私は、もう慣れちゃったけど」

と、郁子は言った。「最初の内は辛《つら》かったわ。やっぱり、ケーキとか、そんなものを見ると、つい手を出して……。今ならいくら太ってもいいのに」

山岡はちょっと笑った。——この娘の、苦労に裏打ちされた明るさが、山岡には新鮮だったのである。

若さ、というものなのか。しかし、その若さも、もう年齢《とし》を取ることのない若さだと思えば、哀しくもなる……。

「ところで、今日お呼び立てしたのは……」

と、祥子が言った。「ご相談に乗っていただきたいことがあったからなんですの」

「奥様の頼みとあれば、何なりと」

北山はナプキンで、そっと口を拭《ぬぐ》った。

「北山さんのことは、主人がそりゃあよく話していましたのよ」

「それはどうも」

「竹井さんも、大崎さんも、それぞれ個性のある方ですけど、これからの企業は、コンピューターのようでなくちゃ、といつも主人が言っていました」

「さよう。全くその通りです」

「それには、一番頼りになるのは北山さんだ、と——。私には、いつもそう洩《も》らしていたんですの」

よくまあ、ああもぬけぬけと出まかせが言えるもんだ、と山岡は、怒るよりも、感心していた。

「それは嬉《うれ》しいお言葉です」

と、北山は言った。

「で……図々しいようですが、今後のことについても、ぜひ北山さんのお考えをうかがいたいんですの」

「私にできることがあれば、何でも言いつけて下さい」

「そう言って下さると、本当に嬉しいですわ」

と、祥子は言った。「ですが――かなり個人的なこともありますの。もしよろしければ、今夜、どこかでゆっくりお話できません?」

北山は、ちょっと祥子の顔を見つめて、

「今夜……ですか?」

と訊き返した。

「今夜」と、「ですか」の間が、いやに長く空いたのが、山岡には気になった。

そこに何か特別な意味があるように、聞こえたのである。しかし、祥子の方は至ってあっさりと、

「ええ、今夜です。お忙しくていらっしゃる?」

「いや、そんなことは――」

と言いかけて、北山は思い直したように、「今夜は得意先の接待がありまして」

「まあ、それじゃ仕方ありませんわね」

と、祥子は、デザートのシャーベットを食べながら言った。「じゃ、またの機会ということに――」

「いや、それでは申し訳ありませんよ」

と北山は言った。「いかがでしょう。接待といっても、ホテルでの会食で、あちらは今夜の内に大阪へ帰るんです。少し時間が遅くなってもよろしければ……」

「構いませんわ。何時頃ならば？」

「そうですね。――十時なら、まず間違いなく」

「結構です。子供たちを寝かせてから出れば、それぐらいにはなりますもの」

「では、そうしましょう。私が、ゆっくりお話のできる場所を知っています。車でお迎えに行きますよ」

「まあ、そうしていただけると助かりますわ。いつも車で出つけているものですから」

「では、必ず」

と、北山は肯いた。

――レストランを出るとき、北山は、軽く祥子の手を取った。祥子は、その手を引っ込めようともしない。

「今夜、お目にかかるのを楽しみにしております」

と北山は言った。

「こちらこそ」

祥子はニッコリ微笑《ほほえ》んだ。


「何をそうプリプリしてるの？」

と郁子が言った。

「別に」

山岡は、午後の、人気《ひとけ》のない公園のベンチに、ブスッとした顔で腰をかけていた。会社の近く、ビルの谷間にあって、「猫の額」どころか「ネズミの額」ぐらいの広さしかないが、昼休みにはＯＬたちで、結構一杯になる。

しかし、今はもう午後の仕事も始まって、閑散としていた。

「だって、何もしゃべらないじゃないの」

と、郁子が言った。

鳩《はと》が一羽、足下でエサをつついている。

まさか、と山岡は口の中で呟《つぶや》いた。まさか祥子の奴……。

北山と浮気するつもりじゃあるまいな。

「今夜はどうするの？」

と郁子は訊いた。

「え？——何だって？」

山岡はハッと我に返った。

「今夜よ。二人で北山さんと奥さんの話を聞いてみるの？」

「いや、そんな必要はないよ」

山岡は即座に言った。それから、

「二人で聞いてるんじゃむだだろう。君は、竹井の方を頼むよ」

と、急いで付け加えた。

「ええ、いいわ、そうする」

と、郁子は肯いた。「——羨《うらやま》しいわねえ」

「何が？」

「鳩よ」

鳩が、山岡の足下を忙しく歩き回っている。

「——どこへでも飛んで行ける。でも、私たちと違って、幽霊じゃないんだもの」

山岡は、心の中で、呟いた。いっそ、死んで、暗黒の眠りに入ってしまっていれば良かった。——そんな風に考えなくてはならないのは、寂しいものであった。

山岡は、今夜が恐ろしかった。

竹井は、珍しく、定時で会社を出た。

秘書は、竹井が帰ってからも、しばらくは様子をうかがいながら仕事をしていた。いつ、竹井が戻って来るかもしれないと思ったのである。

だが、竹井は、会社を出て、真直ぐに病院へ向っていた。

そのタクシーに、郁子は同乗させてもらっていた。一応、少し遠慮して、助手席に乗っていたのだが。

タクシーが着いたのは、大きな大学病院だった。竹井は、面会者用の出入口を入ると、すぐにエレベーターに乗った。

郁子は、和美のことを考えた。また、行ってやらなくては。

この時間、やはり会社帰りに立ち寄った見舞客が多いとみえて、あちこちの病室で、話し声が聞こえる。

廊下を奥へ奥へと辿《たど》って行き、竹井は、〈特別室〉と札のある部屋のドアを軽く叩《たた》いた。

「はい」

と、女性の声。

あの娘だ。ドアを開けると、竹井は中へ入って行った。

「——忙しいのに、来てくれたの」

と明子がそっと手を差しのべる。

竹井の大きな手が、優しくそれを包んだ。

「どうだ、気分は?」

「良くないわ」

と、明子は息をついた。「凄《すご》く、悪いの」

「本当か?」

竹井が眉を寄せる。「何なら他の病院へ移してやろうか?」

「お腹が空いて気持が悪いの」

そう言って、明子は、フフ、と笑った。

竹井はホッとしたように笑って、

「こいつめ!」

と、明子の頭を撫《な》でた。

「大丈夫よ、もう」

と、明子は言った。「三日もすれば帰れるわ」

「そしたら、うんと旨《うま》いものを食わせてやるからな」

竹井は、椅子を持って来て坐った。「何がいい? よく考えておけよ」

「そうね」

明子は天井に目をやった。「――ねえ」

「何だ？」

「家へ、知らせた？」

竹井の顔が、ちょっと辛《つら》そうに歪《ゆが》んだ。

「いや、まだだ……」

「電話しようかと思った。でも、やめたの。あなたに迷惑がかかるわ」

「その内に、きっとはっきりさせる。本当だ。今は、会社の中のごたごたで、とてもそれどころじゃないが、今にきっと……」

「ええ、よく分ってるの。ごめんね、勝手なこと言って」

明子が、涙をこらえて、唇をかみしめた。竹井が、明子を抱え起こすようにして、両腕でしっかりと抱きしめる。明子は、竹井の大きな肩に顔を埋めて、泣いていた。

「明子……明子……許してくれ。もう少し我慢していてくれ」

「ええ、ええ、分ってるわ……。一人で寝てると、すごく寂しくなるの。それで――つい泣きたくなるのよ。何でもないわ」

明子は、気を取り直して竹井から離れると、微笑んだ。

「その笑顔を見せてくれよ」

「ええ。マンションに戻って、あなたに抱かれたら、涙なんか吹っ飛んじゃうわ！」

竹井は、笑った。――幸福そうな笑いだった。

見ていて、郁子は、胸の痛むのを覚えた。二人は、まさか自分たちの仲が、権力争いの道具に使われるとは、思ってもいないのだ。

「失礼」

と、ドアを開けて入って来たのは、若い医師だった。

「あ、先生。――こちらが担当の小田切先生よ」

「これはどうも。竹井と申します。この子の面倒をみるようにと、これの両親に頼まれておりまして」

竹井は、丁寧に頭を下げた。

「もうご心配には及びませんよ。明日からは食事もできますし」

と、小田切という若い医師は言った。

「待ち遠しいわ」

と、明子は言って、「おじさん、もう帰って。診察していただくのが恥ずかしいから」

「分った。じゃ、また来るよ」

竹井は、ベッドに近寄ると、明子の手を軽く握ってやった。

竹井が病室を出て行く。

郁子は、竹井について行かなくては、と思いつつ、何となく病室を出られなかった。明子という娘の様子が気になったのである。

ドアが閉まると、若い医者は、ちょっと小首をかしげて、明子を見た。

「先生……」

「今の人が、その——君の？」

小田切という、その医師が、言った。

「ええ」

「知らないんだね、まだ」

「今、会社が大変なんです。社長さんが急に死んじゃって、誰が社長になるかで、大騒ぎらしくて。そんなときに話せなくて……」

「それは分るけど、はっきりとさせとかなくちゃ」

「はい」

明子は毛布をきちんと引っ張り上げると、「大丈夫かしら、赤ちゃん？」

と言った。

「今調べたところでは順調だ。でも、今度またあんなことをしたら、それこそ何か異常が出るかもしれないよ」

「もう、二度としません！　だって——赤ちゃんを産みたいもの」

子供ができていたのか。――郁子は、ちょっと痛々しい思いで、明子を見ていた。

しかし、当人は至って楽しい様子で、

「私、女の子がいいな。ねえ、先生は子供いるの?」

などとやっている。

小田切医師は苦笑して、

「僕は独りだよ」

「へーえ! もったいない。きっと看護婦さんを泣かせてるんでしょ」

「人聞きの悪いこと言うなよ」

「図星、でしょ。大体分るんだから、プレイボーイのタイプよ、先生は」

「ひどいなあ、全く」

小田切医師は笑い出した。

この分なら、ともかく明子の方は心配なさそうだ。郁子は病室を出た。

竹井はもう行ってしまったかしら?

一階に降りて、玄関へ行くと、竹井が電話をかけているのが目に入った。――よかった! 間に合ったわ。

「――ああ、そうだ。ちょっと帰りは遅くなる。――じゃ」

竹井は、受話器を置くと、複雑な表情になった。

郁子は、ちょっといやな気持がした。おそらく、家にかけていたのだろう。

愛人が入院している病院から、家へ電話をする。男というものは、それが平気なのだろうか。

それでも、竹井は悩んでいるだけ、ましなのかもしれない。

竹井が、表に出ると、タクシーを停める。郁子は、一緒にその車へと乗り込んだ。——

多木と大崎の話を「盗聴」しに行くのだ。

密会

「今夜は、ちょっと出かけて来るから」

と、祥子が言うと、照子はびっくりしたように、

「これからですか？」

と訊《き》いた。

「そう。ちょっと社葬のことで相談しておかなきゃならないことがあるの」

「分りました。――お帰りは？」

「遅くなるから、寝ていていいわ」

と、祥子は言って、寝室へと上って行った。

山岡は、風呂から出た祥子が、寝室へ入ると、姿見の前に立って、ちょっと自分のバスタオル一つの体を眺めているのを見ていた。

「さあて……」

と、祥子は独り言を言った。「今夜が勝負だわ」

一体何の勝負だ、と山岡は苦々しく呟《つぶや》いた。——おそらく、祥子は、自分の体を武器にして、北山を味方につける気なのだろう。

山岡は気付かなかったが、今日のレストランでの様子からみて、北山は祥子に気があったらしい。

それを、祥子はちゃんと心得ていた……。

「畜生！」

山岡は拳《こぶし》を振り回したが、もちろん、祥子の頭は素通りしてしまう。

考えようによっては——山岡が生きている間は、祥子も北山との浮気に踏み切らなかったのだから、まあいくらかは許せるかもしれない。

それに、祥子からすれば、夫がもう死んでいるのだから、浮気ではないのだ。

もちろん、夫の社葬も済んでいないのだから、感心した話ではないが、確かに「浮気」とは呼べない。

電話が鳴った。

「——ああ、哲也？——ええ、そうよ。今から出かけるの。そっちは？」

まるで、ギャングの女親分を思わせる調子だ。「——そう。分ったわ。じゃ、あんたは、竹井さんの彼女のことを、できるだけ洗い出してちょうだい。——それはいいけど、むだ金は使わないでよ」

祥子は、ちょっと笑って、電話を切った。

それから、鼻歌など歌いながら、スーツを着る。昼間とは違って、明るい、赤の服である。

「――奥様」

と、ドアの外で、照子の声がした。

「なあに?」

「北山様がおみえです」

「分ったわ。すぐに参りますって」

「はい」

祥子は、高いネックレスを首に、ブレスレットを腕に（当り前だが）、およそ、山岡が見たこともないほど、めかし込んだ。

すぐに、と言って、三十分はかかる。これが女性の仕度だが、このときの祥子は、正に三十分も無理からぬ、周到な仕度をしていた。

祥子が表に出ると、北山が、車のドアを開けて待っている。

「今晩は」

と、祥子は微笑《ほほえ》んだ。

「一段とお美しいですね、奥様」

と北山はため息と共に言った。

「ありがとう。あら――」

と、祥子は車を見た。「ハイヤーじゃないんですね」

「私の車で、少々窮屈かと思いますが」

「いいえ、その方が気が楽ですわ」

「どうぞ後ろの座席へ」

「助手席がいいわ。構いません？」

「もちろんですとも！」

と、北山は言って、前のドアを開けた。

「じゃ、照子さん、よろしくね」

「いってらっしゃいませ」

照子が玄関先で頭を下げる。車のドアが閉まった。

車は静かに走り出した。

「どちらへ？」

と、祥子が訊く。

「お任せ下さい。帰りはちゃんとお送りします」

「そうね。お任せするわ。どうせ私は、ろくな所を知らないんですもの」

「社長は、色々連れて歩かれなかったんですか?」

「あの人は仕事、仕事よ。一、二が仕事で、三、四も仕事。——五十番目くらいに、やっと子供で、その次が私、ってところかしら」

北山は、軽く笑って、

「それだけお忙しかったんですよ」

と言った。

「お前なんかに弁護してもらわなくても結構だ!」

後ろの座席で、山岡はかみつくように言った。

「少し遠いんですが、構いませんか」

と北山は言った。

「今夜中に戻れる?」

「戻らなくてはまずいですかね」

祥子は、ちょっと肩をすくめた。

「どうでもいいわ」

「そうですか」

北山がアクセルを踏み込む。車は、ぐんとスピードを上げた。

「お前は、どこかで休んで来い」

と、竹井が運転手へ言った。

「はい」

「ベルは持ってるな」

「はい」

「呼んだらすぐ戻れよ」

「かしこまりました」

運転手が車を出て行くと、竹井は後ろの座席で盗聴機のレシーバーをいじくり始めた。

「何だ——どこをどうすりゃいいんだ?——どうも弱いな、機械ってやつは」

とブツクサ言っている。

そばで見ていて、郁子はおかしくてたまらなかった。

竹井は、パワーのスイッチを押していないのだ。あれでは聞こえるはずがない。

「ああ、これか」

やっと分ったらしい。——とたんに、ピーガーと凄《すご》い雑音が聞こえて、竹井は飛び上りそうになった。

「びっくりさせやがって! こいつ!」

あちこちいじくり回して、やっと調節がついたらしい。

「――いらっしゃいませ」

と、女性の声。

この料亭の女性だろう。

「お待たせしました」

と、多木の声がした。

ちょうど間に合ったようだ。

「やあ、済まんね、忙しいのに」

大崎の方が、気をつかっている感じだ。

「急ぎの仕事が、なかなか片付きませんでね」

「いや、構わんよ。坐《すわ》ってくれ」

その後は、まあ一杯、どうも、といったやりとりがしばらく続いた。

「早く始めろ」

と、竹井が苛々《いらいら》している様子で言った。

「どうかね」

と、大崎が言った。

「は?」

「何か話があったんじゃないか」

「他の方からですか。いや、今のところは何も」

「本当かな。――まあいい。実は、君に電話をした時点では、あまり確信がなかった。知っての通り、私は、竹井さんや北山さんに比べると押しの弱い性格だからね」

「はあ」

「しかし、そこへ切り札が転がり込んで来たんだ」

「といいますと？」

「実に有力な札だよ」

大崎の声は、いかにも得意気だった。

「それは何です？」

と多木が訊く。

「君を信じてもいいかな？」

「それはご判断にお任せします。しかし、自分にとって損でないと分れば、もちろんご協力しますよ」

少し間が空いた。おそらく、大崎が迷っているのだろう。

竹井も、さすがに緊張の面持ちで、じっとレシーバーに耳を傾けている。

「――いいだろう」

と大崎がやっと言った。「もちろん、これは私と君との間だけの話だよ」

「心得ています」

「実は、この間――」

突然、レシーバーに雑音が入り、音声が途切れた。竹井が唇をかんだ。

「畜生！」

やっとレシーバーの調子が戻る。

「――驚きましたね、それは！」

と、多木の声。

「そうだろう？　私だってびっくりしたさ、何しろ――」

竹井がハッとして、レシーバーのスイッチを切った。

車のわきに、自転車に乗った警察官が停ったのだ。

窓をトントンと叩《たた》く。竹井が窓をおろす。

「ここで何をしてるんです？」

と、警察官が訊いた。

「運転手に食物を買いに行かせてるんですよ」

と竹井は言った。

「ああ、そうですか。――いや、失礼しました」

「ご苦労さん」

　警官が行ってしまうと、竹井は舌打ちした。

「肝心のところを！」

　再びスイッチを入れる。

「――いいでしょう。力をお貸ししますよ」

　という多木の声がした。

「そいつはありがたい。君はまだ若い。それに、北山、竹井の二人は、力はあっても、現場に人気がない。若い、これからの企業を担って行く連中に人気がないというのは、長い目で見ると致命的な欠点だよ」

「同感ですね」

「その点、君は、若い人たちに支持されている」

「まあ、その辺の自信はあります」

「だから、力を借りるにしても、表立ったことはまずい。君がいかにも権力闘争に加わっているように見えては、若い人たちの信用を失う」

「なるほど」

「だから、君は大いに私たちにかみついてくれたまえ。反幹部のポーズを取るんだ。それで若い連中はついて来る」

「――驚きましたね」

「何がだね?」

「意外に策士ですね。まさかそこまで考えておられるとは」

「こうでなきゃ、あの社長の下働きはつとまらないよ」

と、大崎は言った。

その声には、どこか苦いものが混っているようだった。

「では、北山さんも竹井さんも――」

「差し当りはあの二人が、次期社長の椅子《いす》を争うことになる。みんなの目も当然そっちへ向くだろう」

「そこを一気に――」

「こちらには強い味方がある」

「しかし、ご当人が社長になるつもりなんでしょう?」

聞いている竹井が眉をひそめた。

「『ご当人』ってのは誰のことだ?」

肝心のところを聞き逃してしまったのである。

「そこで、もう一つ君に頼みがある」

と、大崎は言っていた。

「何でしょう?」

多木が訊く。

「それは――ちょっと席を変えよう。車が待たせてある」

「はあ、しかし……」

「今夜は付き合え。いいじゃないか！」

大崎が愉快そうに笑った。

竹井は、急いで運転手を呼ぶベルのボタンを押した。

「早く来い！――何をやってる！」

苛々と呟いたが、なかなか運転手はやって来ない。この分では間に合わないかもしれない。

郁子は、竹井の車を出ると、道を走って、料亭の表に回った。

大崎と多木が車に乗り込むところである。郁子もあわてて飛び乗った。

「うちへやってくれ」

と大崎が言った。

「ありがとうございました」

店の女性が頭を下げる。

車が走り出し、郁子は後ろを見ていたが、竹井の車は見えなかった。どうやら、間に合わなかったようだ。

「私の家は知っていたかな」

と大崎が訊く。

「確か一度だけうかがったことがあります」

「そうか。――もう一軒の家の方へ案内しよう」

「もう一軒？」

と多木が訊き返した。

小粋《こいき》なマンションだった。

「珠代《たまよ》だよ」

と、大崎が若い女を紹介した。

「これはどうも」

多木が面食らった様子で頭を下げる。

「そうびっくりするなよ」

と大崎は笑った。「副社長にもなれば、女の一人ぐらいほしくなるさ」

珠代という女、少し派手な感じではあるが、ともかく美人だ。そして若い。せいぜい二十二歳というところだろう。

「いつものカクテル？――はあい」

と、肌の透けて見えそうなガウンの裾《すそ》をひるがえす。

多木は、すっかり呑《の》まれていた。

「多木君も、ちょっと渋い二枚目だ。さぞもてるだろうね」

と大崎はソファに寛《くつろ》ぎながら言った。

「そんなことはありませんよ。忙し過ぎます」

「そうかな」

大崎はニヤリと笑った。「まあ一杯やれよ。――もてない君にしては庶務の岡田君や、経理の白木君を泣かせたじゃないか」

多木が愕然《がくぜん》とした。

「どこでそれを――」

大崎が笑い出した。

見ていた郁子が啞然《あぜん》とするような、大崎の変りようだった。

あの、パッとしない副社長が、愛人のマンションで高笑いしている男と同じ人物とは信じられないようだ。

「私は、色々と情報網を持っているんだ」

と大崎は言った。「どんな社員の、噂《うわさ》も耳に入って来る」

「驚きましたね」

と多木は言って、カクテルをあけた。

少し用心するように大崎を見る。

「そう心配するな」

と、大崎が言った。「私の他には、誰も知らないよ。岡田君のときは、旅行先で、できたらしいな」

「そんなことまでご存知なんですか」

多木は苦笑した。「——酔ってたんです、あのときは」

「彼女は、ぞっこんだったんだろう?」

「そうですね」

と、多木はニヤリとした。「いい女でしたよ」

「うまく別れたもんだね」

「大分巻き上げられましたよ」

「白木君のときは大変だったようだな」

多木は、ちょっと開き直ったように、

「どこまでご存知です?」

と訊き返した。

「子供ができて、堕《おろ》したことも知っているよ。その病院もね」

多木は、愕然とした。

「——参ったな！　ＣＩＡか何かに知り合いがいるんですか？」

「なあに。ちょっとした人事管理だよ」

大崎は、珠代に、「もう一杯カクテルをくれ」

と声をかけた。

「白木君とは、心底愛し合ってたんです」

と、多木は言った。

「しかし、君は女房持ちだ」

「そうです。僕は別れると言ったんですが……。白木君の方が、身をひくと言い出しましてね」

「それこそプレイボーイだ」

と大崎はニヤリと笑った。

「そんなタイプじゃありませんよ」

「そうかな。——君に、一つ、やってほしい仕事があるんだ」

「ほう」

「さっきの話の一件にも関係がある」

「といいますと？」

「つまり——社長の未亡人さ」

「何度かお会いしましたよ。いい人ですね。社長にはもったいない人だった」

「そこだよ。夫人が、いつ気が変らないとも限らない。何しろ女だからね」

「女を信じていないんですか」

「とても信じられんね、私には。また、それが女のいいところさ」

と、大崎はウインクした。

「で、社長の奥さんがどうなんです？」

と多木が訊く。

「うん。女を味方に引き止めておくのに、一番いい手は何だと思う？」

と大崎が言い出した。

「さあね。男ですか」

「それさ！　女は、惚《ほ》れた男がいれば、決して逃げて行かないものだ」

多木は、まじまじと大崎を見つめた。

「待って下さいよ。まさか、この僕に——」

「そうさ。君に、社長の奥さんを誘惑してほしいんだ」

「とんでもない話ですよ！」

多木は腰を浮かした。「僕はもう——」

「落ち着くんだ!」

　大崎が、多木をソファへ押し戻した。「おい珠代、この人を帰すなよ」

「はい」

珠代という女が、やって来ると、いきなり多木の膝《ひざ》にドカッと坐り込んだ。これでは動けない。

「君は、夫人の好みだ。絶対だよ」

と、大崎は言った。「どうかね。君には、決して損にはならないよ」

「しかし――どうやって?」

「そこは君に任せるよ。もちろん、私で手伝えることがあれば、やってもいい。しかし、最後の決め手は、君の魅力だ」

「僕の魅力ですか……」

と多木は苦笑した。

「女泣かせの君のことだ。必ずうまくやれると思うよ」

大崎は珠代のお尻をポンと叩くと、「じゃこの人を頼むぞ」

と言った。

「大崎さん!　あの――」

と、多木が立ち上ろうとするのを、珠代が止めた。

「あなたは今夜は帰らないのよ」

「何だって?」

「あの人の命令。あなたを帰すな、ってね」

珠代が多木にキスした。その間に、大崎はマンションを出て行く。

見ていて、郁子の方は呆《あき》れてものも言えない。——どうだろう、この乱れようは!

多木だって、

「そんな——だめだよ、僕は女房がいて——」

などと言いながら、珠代を抱きしめているのだ。

郁子は、この後まで見届ける気にもなれず、外へ出た。

大崎の車は、もう行ってしまっている。

郁子は、ぶらぶらと夜の道を歩きながら、空しい気分だった。

これが大人の世界か。これが、いわゆる「世間」なら、自分は大人にならなくて幸せだった……。


グラスが鳴った。

「何だか、主人が亡くなって、乾杯するのも変なものですわね」

と、祥子が言って、微笑んだ。

「何がおかしいんだ！」

と、山岡は文句を言った。

もちろん、祥子の耳には届かないのだが、そうでもしないと気が済まないのである。

「いや、今夜は、昨日までのことも、明日からのことも、総《すべ》て忘れて下さい」

と、北山が言った。「今夜は、いわば孤立した時間なのですから」

「きざなこと言いやがって！」

山岡は北山をにらみつけた。もう八つ当りの心境なのである。

ここは郊外のホテル。——怪しげなラブ・ホテルとは違うけれど、それでも、あまりまともでない関係の男女が専《もっぱ》ら利用している所には違いない。

最上階のレストランは、照明を落として薄暗い。ムードを出すため、というだけでなく、顔が分ると困るカップルもいるからだろう。

遠くに町の灯を望む窓際のテーブルは、北山が予約しておいたものらしい。——二人は夜食といってもいい、遅い夕食を取っていた。

もう夜中の十二時に近い。

「——すてきね！」

祥子は、いい加減ワインで酔っているようで、熱そうに頬を手で押えた。「でも、何だかポッポして来て……」

「でも、とてもきれいですよ」

と北山はニヤニヤ笑いを浮かべている。

「そうかしら。——でも、こんな所、本当に久しぶり。主人も、結婚前はときどき連れて歩いてくれたけど、結婚してからは……。特に子供が生れてからは、一度もこんな所、来たことないわ」

「時には解放感に浸ることも必要ですよ」

「そうね。そう思いますわ」

「奥様、何か私にご相談とかおっしゃっておいででしたね」

「ああ——でも、どうでもいいんですの。私、ただ寂しかったんですわ」

と、祥子は言って、窓の外へ目をやった。

「お察しします」

と北山が肯く。

何を察していることやら、と山岡は、ムシャクシャしながら思った。

「本当に分って下さる？」

祥子が、ちょっと上目づかいに北山を見る。これは完全に誘惑の目つきである。

山岡は、何とも重苦しい気分だった。幽霊になって、妻の浮気の現場に立ち合うことになろうとは……。

「奥様――」

と北山が身を乗り出した。「今夜、もしご気分でも悪くなっては、と思い、部屋を一つ予約しておいたのですが」

「まあ、助かりますわ」

と祥子は言った。「少し飲みすぎたようです。泊って行きますわ」

「そうですか」

北山の声が、少しこわばっている。

「もう出ましょう」

と、祥子は立ち上った。

祥子と北山はエレベーターに乗った。

「部屋は五階です」

と北山が言った。「部屋までお送りしますよ」

「ありがとう。お願いしますわ」

二人は黙った。――もちろん山岡もそばに立っていた。

五階でエレベーターを降りる。静かな廊下を歩いて行くと、一番奥のドアの所で立ち止まった。

「ここです」

北山がキーを出して開ける。「どうぞ」

祥子が中へ入った。北山が明りを点《つ》けた。

「まあ！　広い部屋。――スイートルームなのね」

「お休みになるには楽かと思いまして」

北山は冷静を装ってるが、呼吸が荒くなっていた。

「ああ、気持良く休めそうだわ」

祥子はスーツの上着を脱ぐと、椅子の方へ放り投げた。

北山が、祥子へ近づく。祥子が北山の方を向いた。――呆気《あつけ》ないほど簡単に、祥子は北山の腕に抱かれていた。

「奥さん……」

と北山が囁《ささや》く。

「待って……。静かにね。服が乱れたりしたら帰れないわ」

「分りました」

と北山は、手を解いた。「――前から奥さんのことが好きだったんですよ」

「分ってたわ」

と祥子は言った。「うちへみえたとき、私の方を見る目つきでね」

「そうですか。――ご主人は？」

「あの人は、仕事のことなら敏感だけど、妻が目の前で浮気相手に電話してたって気が付かない人だったわ」

山岡は、何とも言いようのない気持だった。——本当に俺はそんな夫だったろうか？

「ねえ、北山さん、明日はお休みできるんでしょ？」

祥子は、髪を解いて、頭を振った。髪が肩に乱れ落ちる。

「夕方に会議があります」

「じゃ、ゆっくりできるわね。何か飲むものでも取って、のんびりしましょうよ」

「いいんですね。——眠くなりませんか？」

「裸になってシャワーを浴びれば、目が覚めるわ」

そう言って、祥子は笑った。山岡がギョッとしたほど、色っぽい、挑発的な笑いだった。

新しい展開

病院へ着いたのは、もう朝だった。

郁子は、うまい方向へ行く車を捕まえられなくて、結局、適当な盛り場を少しぶらついて、時間を潰《つぶ》していたのである。

病院の朝は早い。——もう、和美は朝食を済ませていた。

「おはよう」

と看護婦が入って来る。「ご飯、すんだ?」

「はい」

「本当。まあ、きれいに食べたわね!」

覗《のぞ》いてみて、郁子も笑い出しそうになってしまった。これでは猫も怒るだろうと思うほど、きれいになっている。

「お昼が待ち遠しくて」

と和美が言っている。

「呆《あき》れた。その元気なら、アッという間に退院よ」

「退院したら、まず何するか分ります？」

「さあね。何するの？」

「お姉さんのお墓におまいりします」

「ああ、そうか」

「それから、中華料理の店に行って、ラーメンとチャーハンとギョーザを二人分食べるの！」

看護婦が笑いながら出て行った。——郁子も笑っていたが、同時に涙が出て来る。よくここまで立ち直ってくれたわ、と思った。もう大丈夫！

「失礼します」

と、顔を出したのは、和美と同じくらいの年齢の女の子で、

「あ、ユッコ！」

と和美が声を上げたのを見ると、学校の友だちらしい。

「何だ！　死にそうだって聞いたのに」

「何よ、がっかりしたみたいに」

二人はキャッキャャと声を上げて、喜んでいる。郁子は、病室を出た。

「あら——」

山岡がやって来たところだった。

「おはよう！」

山岡はポンと郁子の肩を叩《たた》いた。

「痛い！　どうしたの、何だかずいぶん元気ね」

「そうかい？　何しろまだ若いからね」

山岡は、鼻歌を歌いながら、ダンスのステップを踏んだ。郁子は呆気《あっけ》に取られて、

「よっぽど楽しいことがあったのね」

と言った。

「そうさ。――君、昨夜はどうだった？　いや、その前に妹さんの具合は？」

「元気よ。今、お友だちが来て騒いでるの」

「そうか。じゃ、どこかでお茶でも飲みながら話をしよう」

「お茶でも、って――」

「飲んだ気になるのさ！　そうしなきゃつまらない。さ、行こう！」

山岡が郁子の肩を抱いて歩き出す。郁子は目をパチクリさせるだけだった……。

「じゃ、奥さんは、北山って人と泊ったの？」

と郁子は訊《き》いた。

朝の喫茶店というのは、あまり楽しげではない。

大体、学生などはまだやって来ないから、モーニングサービスといっても、ほとんどが出勤途中のサラリーマンたち。ゆで卵、トースト、コーヒー、とみんな同じメニューで、卵に塩をふりかけ、コーヒーにどっさりミルクと砂糖を入れて飲む。目はスポーツ新聞の大見出しを追っているのである。

「ああ、そうだよ」

と、山岡は楽しげに肯《うなず》いた。

「それじゃ……」

と、郁子は言った。

男と女が同じホテルに泊れば、トランプをして遊ぶわけではないということぐらいは、郁子にも分っている。

「僕もそうと決ったときは頭へ来たんだ」

と、山岡は言った。「よっぽど、このまま出て行こうか、と思ったよ。――もう僕の女房ではないといっても、まだ亭主の社葬も済んでいないのに、他の男とホテルへ来る、ってのはね」

郁子は肯いた。

「ところがね――おい、君！　そこにコーヒーが来てないよ！」

山岡は上機嫌でウエイトレスに声をかけたりしている。「思い直して、部屋にいて様子を見ていたんだ。すると――」


「お待たせしたわね」

と祥子の声がした。

北山が目を、飛び出しそうなくらい見開いて、立ち上った。

祥子は、小さめのバスタオルを、体に巻いているだけだった。胸のふくらみぎりぎりの所から、すらりと長い足まで、正にきわどいところで辛《かろ》うじて映倫をパス、という場面である。

「奥さん！」

北山の方は、もう餓《う》えた狼《おおかみ》で、祥子の方へ駆け寄る。祥子は、素早く逃げて、フフ、と笑いながら、

「焦らないで！――私、汗くさい人は嫌いなの。あなたもシャワーを浴びて来て。それぐらいエチケットよ」

「分りました」

北山の声は上ずって、一オクターブは高くなっていた。

北山の姿がバスルームへ消えると、ドアがノックされた。

「ルームサービスでございます」

という声に、祥子は、裸体にバスローブをじかにまとって、出て行った。

ウイスキーのセットが、ワゴンに乗って運ばれて来る。ボーイが出て行くと、祥子は、楽しげに微笑《ほほえ》んだ。

山岡は、祥子が、チラリとバスルームの方へ目をやるのを見て、おや、と思った。

何だか、子供のような笑顔だ。ちょっと大人をからかってやろう、というときの……。

何を考えているのだろう？

祥子は、ウイスキーを二つのグラスに注ぐと、ハンドバッグを取って来て、中から何やら、小さな袋を取り出した。

そして、白い、小さな錠剤を、グラスの一つに入れる。——泡が立って、見る見る、錠剤は溶けて行った。

祥子は軽くグラスを振った。——すっかり泡も消えてなくなる。

「これでいいわ」

と、祥子は呟《つぶや》いた。

「——やあ、飲み物が来ましたね」

北山が、バスローブを着て、出て来る。

「ええ。ちょうどいいタイミングだわ。——さ、飲みましょうよ。水割りにする？」

「お願いします。あんまり酔っ払うと、役に立たなくなる」

北山は、そう言って笑った。山岡はけっとばしてやった。

「――じゃ、乾杯」

「何に乾杯します?」

「私たちの未来によ」

と、祥子は言った。「今夜限りの遊びなんて、いやだわ」

「奥さんさえそのおつもりなら……」

「それじゃ」

グラスが鳴る。二人とも一気に飲み干した。

――祥子がホーッと息を吐く。

「凄《すご》いわ。こんな気分になったの、初めてよ」

「奥さん……」

北山はグラスを投げ捨てた。

「来て」

祥子は北山を誘うように手を伸ばして、ベッドの方へ歩いて行った。

もちろん、北山の方は、誘われなくてもついて行く。

祥子が、やたらに大きなベッドに横になる。北山が、這《は》うようにして、祥子の傍に。

——北山の手が、祥子のバスローブの腰紐《こしひも》を外した。

「それで？」

郁子は、ゴクリと唾《つば》を飲んだ。

郁子の年頃には、少々刺激が強い話である。だが、山岡は至って楽しそうなのだ。

「それだけ」

「それだけ？」

「そうさ。——北山の奴、そのまま、バタッと寝ちまったんだ」

「どうして？」

「薬さ。祥子の奴、北山のウイスキーに睡眠薬を入れたんだ」

「まあ。——じゃ、そのまま、何もなかったの？」

山岡はニヤリと笑って肯いた。

朝、北山は、祥子に揺さぶられて目を覚ました。

「あ——いや、奥さん、どうも——」

北山は起き上って、ギョッとしたように、毛布を引っ張り上げた。丸裸なのだ。

「ごめんなさい、起こしちゃって」

祥子は、もうちゃんと服を着ている。

「ど、どうしたんです?」

北山は、わけが分らない様子で、目をパチクリさせている。

「今、家へ電話してたの。そうしたら、主人の親類が訪ねて来るって連絡があったそうなの。急いで帰らないと」

「そ、それじゃ車で送りましょう」

「いいえ、いいわ。だって、あなたの車から降りるのを、誰かに見られたりしたら、何を言われるか分らないでしょ」

祥子は腕時計を見た。「もう車が来てるはずだわ。——悪いけど、お先に失礼するわね」

「はあ」

と北山は、何だかスッキリしない面持ちだ。

祥子は、身をかがめると、北山に軽くキスした。

「ゆうべは楽しかったわ」

「え?」

「凄いのね。私、クタクタになっちゃった。あなたって逞《たくま》しいわ」

北山はあわてて起き上り、

「そ、そうでしたか?」

「本当よ。——また、時間を作ってね」

「もちろん！」

「私はどうだった？」

「そりゃもう……最高でしたよ！」

そばで聞いていた山岡がふき出した。

祥子が出て行くと、北山は、シャワーを浴びにバスルームへ入って行った。

「俺はそんなに凄いのかな……」

と独り言を言うと、大きな鏡に、あばらの浮いた体を映して、ボディビル風のポーズを取ってみたりしている。

山岡は、見ていられなくて、祥子の後を追った。笑い過ぎて苦しいくらいだった……。

「北山って人も、何だか気の毒ね」

と、郁子は笑いながら言った。「まるきり道化役ってところじゃないの」

「自業自得さ」

と山岡は楽しげに言った。

「じゃ、奥さんは、最初から、北山と浮気する気はなかったのね」

「そうなんだ。ただ、味方につけたかったんだろう。なかなか頭のいいやつだよ」

山岡は満足げである。

「ねえ」

と、郁子は言った。「せっかくのところに、水をさしたくないけど」

「何だい？」

「奥さん、まだ安全じゃないわよ」

山岡は、ちょっと面食らった様子で、

「何だって？」

と言った。「女房が危いって――どうしてだい？」

「実はね、大崎さんと多木さんの話を聞いて来たのよ」

郁子の話を聞いて、山岡は顔を真っ赤にして怒った。

あの大崎が？　とんでもない奴だ！　多木にしてもそうだ。社長の未亡人を誘惑しようとは。

「大丈夫だよ。祥子はしっかりしてる。そんな手に乗るもんか。却《かえ》って、多木の方が恥をかくのがオチだよ」

「そうかしら」

郁子は、ちょっと不安げに言った。

あの多木という男、少なくとも、北山よりは女にとって魅力がある。

それに、祥子も、多木には警戒心を持っていないだろうから、余計に危険だ。

しかし、至って上機嫌な山岡に、そうは言えなかった。

病院に戻ってみると、和美の病室に、中西刑事が来ていた。

「よかったね、安心したよ」

と、中西は和美に笑いかけている。

「どうも」

と、和美は言って、「まだ犯人は捕まらないんですか？」

「うん……まあ、どうもね」

と中西が頭をかく。

「困ります。早く捕まえて下さい。税金で暮してるんでしょ」

郁子が苦笑いして、

「和美ったら、あんな失礼なことを言って――」

「いや、どうも手厳しいね」

中西は別に気を悪くした様子もない。「しかし、手がかりはあるんだよ」

「何ですか？」

「実はそのことを訊きたくて、ここへ来たんだ。最近、君のお父さんは、一人で何かを調べて回っていたらしい」

「調べて、ですか？」

「そう。何か話をしたことはない？」

和美は、しばらく考えていたが、

「いいえ」

と頭を左右に動かした。

「そうか。——何か知っているかと思って来たんだが」

中西は、ちょっと残念そうだった。

「じゃ、ともかく、何としても手がかりをつかんで見せるからね」

中西は、和美の手を、軽く握ってやって、病室を出て行こうとした。

「待って下さい！」

と和美が言った。

「何だね？」

「もしかしたら……」

と和美は、何かを思い出した様子だった。

「何か思い当ることがあったかね」

中西は、ベッドの所へ戻って来た。

「そのことかどうか分らないんですけど」

「何でもいいよ。思い出したことを、どんどん話してくれ」

和美は、ちょっと考えてから、言った。

「姉のことを、よく話してたんです」

「お姉さんのこと？」

「はい。——あんな風に殺されてしまって、あんまり可哀そうだというんで、父はあんまり、あの事件のことを口にしませんでした。でもこのところ、ちょくちょく言ってたんです」

「たとえば、どんな風に？」

「そうですね……。食事してると、急に、『郁子を殺した奴は、まだのうのうと生きてるんだな』とか言うんです。そして、『いつまでものんびりさせちゃおかない』とか言ってました」

「のんびりさせちゃおかない。——そう言ったんだね」

「そうです」

「何のことか訊いてみた？」

「いいえ。——姉の話をしてると辛《つら》くなって、たまらなくなるんです。だから、あんまり話したくなくて……」

「なるほどね。分るよ」

と中西刑事は肯いた。

「もしかすると父は──」

と聞いていた郁子がハッとしたように言った。

「え?」

「ねえ、私を殺した犯人を捜してたんじゃないかしら?」

「なるほど……」

山岡は肯いた。「それなら分るね。それを犯人に気付かれたのかもしれない。犯人が君のお父さんを邪魔に思って、そこで殺したのかもしれないな」

「でも、それじゃあんまり可哀そうだわ」

「しかし、事実から考えれば──」

「ええ。──そうね、分ってる。ただ、父も妹も、よくよく運の悪い人なのね」

「だからこそ、犯人を何としても捕まえるんだ!」

山岡は力強く言った。「よし、僕は、これから、この刑事の後について行ってみるよ」

「でも、会社の方は?」

「今、すぐにどうこうということはないよ。大丈夫だ。それに君が僕を手伝ってくれているから、お返しだ」

「じゃ、私も行くわ」

と郁子は言った。「何しろ、私が被害者なんですものね」

「君は犯人を憶えてないの？」

「とても、そんな余裕なかったわ。暗かったし、突然で……。ともかく、相手が二人だけだと分った。それだけよ」

中西刑事が、和美の病室を出る。山岡と郁子も、それについて行った。

中西は、病院を出ると、タクシーを拾った。

もちろん、郁子と山岡も同乗する。

「うちの方だわ」

と郁子が、中西の告げた行先を聞いて、言った。

タクシーが停ったのは、ある自動車の修理工場だった。工場といっても、ほんの小さな町工場だ。

鋲《びょう》を打つ音や、溶接の火花の光が、入りまじっている。

中西は、中へ入って行って、手近にいた男に、何やら声をかけた。作業服姿の男が、奥の方を指さす。

中西が肯いて歩き出した。

「思い出したわ」

中がうるさいので、郁子は少し大きい声で言った。

「何を?」

「ここよ。一度、父の乗ったバイクを修理してもらったことがあるの」

中西は、奥のドアを開けた。そこは中庭で、その向うが、家と事務所になっているようだった。

退屈そうにしている事務服の女の子に、中西が声をかけた。

「社長さんはいるかな?」

「はい。どなた様ですかあ」

「中西という者だ。昨日電話したと伝えてくれれば」

女の子が呼びに行くと、奥から、すぐに、髪の半ば白くなった男が出て来た。

「中西さん? さあ、どうぞ」

と手を振る。

通されたのは、応接間——といえば聞こえがいいが、衝立《ついたて》で仕切っただけの、狭苦しい場所だった。

「昨日うかがったことですが、いかがでしたか?」

と中西がすぐに切り出した。

「ええ、久米さんはご近所でしたからね。顔は知っていましたよ。お気の毒なことでしたな」

「全くです」

「お嬢さんが、あんなひどい目にあわれて、あのときは、見るも気の毒なくらい、気落ちされましてね……」

「久米さんが、また最近、ここへみえていたとか？」

「そうなんですよ」

と、そのいささか見すぼらしい「社長」は肯いた。「一度、うちへ見えましてね、オートバイの修理の記録を見せてくれ、とおっしゃって」

「オートバイの？」

「そうです。ここ二、三年間の、というんで、びっくりしました」

「その理由を言いましたか」

と、中西が訊く。

修理工場の社長は首を横に振った。

「何もおっしゃいませんでしたよ」

「そうですか」

と中西は肯く。「で、修理の記録を見せたのですか？」

「一応捜してみたんですが、そんなに古いものはどこへしまったものやら。ご覧の通りの町工場ですからね」

と、工場の「社長」が肩をすくめる。

「で、どうしました？」

「ともかく、何とかして見たい、とおっしゃるんで、倉庫へご案内したんです」

「そこにあったんですか？」

「さて、それがねえ……」

と社長は首をかしげた。「私は同業者の集まりがあって、出かけてしまいましてね。久米さんへ、場所を教えて、その辺を勝手に捜してくれ、と言って——」

「久米さんは自分で捜したんですね」

「だと思いますね」

「見付けたんですか？」

「分りません。私が戻ったのは夜中でしたからね」

「その後、久米さんからは？」

「次の日に電話がありました。お礼を、というわけで」

「そのときに何か？」

「いえ。見付かったとは言っていなかったので、きっとなかったんだな、と思いましたよ」

「なるほど」

と中西は肯いた。

「――ところがね」

と、社長が、少し間を置いて、言った。「そのあと、少しして、久米さんがちょくちょく、この辺に姿を見せるようになったんですよ」

「ほう」

「ほら、そのすぐ向いに、安っぽい喫茶店があるんですが、よくそこへ陣取ってね、何時間も――日曜日なんか、一日中動かなかったりするんですよ」

「この工場が見えるんですか？」

「ええ。窓際の席でしてね。何をしているのかな、と思いましたが、まあ、声をかけるのも、何となくはばかられて」

「そのままに？」

「ええ。そしてあの事件があったわけです」

「なるほど」

中西は何やら考え込んでいたが、「――工場の若い方に、久米さんに話しかけられたことがあるかどうか、うかがってみていいですか？」

「ええ、構いませんとも」

中西は立ち上って礼を述べると、工場の方へ戻って行く。

郁子は、山岡と顔を見合せた。

「どういうことになるのかしら?」

と郁子はいぶかしげに言った。

「さあね」

山岡は首を振って、歩き出した。

謎のオートバイ

中西は、工場の若い工員たちと、しばらく話していたが、別に、久米のことで特に事件と関係のありそうな話をしたという者はいなかった。

中西は、礼を言って工場を出ると、久米が通いつめていたという喫茶店に足を向けた。

「もしかすると……」

と、山岡は、つぶやくように言った。

「何か分ったの？」

と、郁子が訊《き》く。

「いや、はっきりはしないんだけどね。――ほら、例の事件があった晩に、君のうちの近くで、若い男を二人、見掛けたんだ。一人は、オートバイに乗っていた。もしかすると、事件に関係があるのかもしれないぞ」

「じゃ、父は、どこかで私を殺した犯人が、オートバイに乗っていた、とでも聞いたのかしら？」

「有りうることだね。そうでもなきゃ、そんなに熱心に、この工場を見張ったりするかい？」

「じゃ、きっと父は何か手掛かりをつかんだのね」

郁子の目が輝いていた。

中西は、その喫茶店に、のんびりと入って行った。

「いらっしゃいませ」

店にいるのは、若い女の子一人きりだった。中西は、ごく当り前の客のような顔で、飲物を注文した。そして、窓際の席に陣取ると、工場の方を眺めた。

山岡と郁子も、中西と一緒に坐《すわ》ってみる。——なるほど、工場がきれいに見通せる。

「——お客さん、やめた方がいいですよ」

コーヒーを持って来た女の子が言った。

「何をだい？」

「気持悪いわ。そこの席で、いつもあそこを眺めてた人、この間、殺されたんですよ」

「そうか。そいつはあんまりいい気分じゃないね」

と、中西は言って、警察手帳を見せた。

「あら！」

女の子の目が輝いた。「刑事さんなんですか。じゃ、あの事件を調べてるの？」

「そんなところだ。殺された人を知ってたの？」

「だって毎日来てたんですもの」

「話をしたことはある？」

「ええ。ごらんの通り、お店は暇なんですもの。お客さんと話をするぐらいしか、楽しみはないの」

「どうして、あそこを眺めているのか、その訳を言ったかね」

「最初のうちは、何を訊いても、返事をしてくれなかったけど、その内、いやでも色々な話が耳に入って来るわ」

「じゃ、事情は、分っていたんだね。――なぜ、久米さんは、オートバイを見ていたんだい？」

「それは、はっきりとは教えてくれなかったわ」

「何かそれらしいことでもいいけどね」

と、中西は言った。

「あの人、娘さんを殺されていたんでしょ？　気の毒ね、本当に」

「そのことと関係あるみたいだった？」

「だと思うわ」

と娘は肯《うなず》いた。「でなきゃ、あんなに執念深く、同じ所を見ちゃいられないわよ」

「そんなに凄《すご》かったの？」

「オートバイって、そんなに沢山来るわけじゃないのよね。私の友だちにも、乗ってるのがいるけど、簡単な修理なら、自分でやっちゃえるんだもの。だから、滅多に来ないで、たいていの日は、無駄足だったわ」

「それだけに、たまに来ると……」

「そうなの。凄く怖い目をして、にらんでた」

中西は、ゆっくりと肯いた。

「最後に来たときのことは、憶えてる？」

「よく憶えてるわ」

と女の子は言った。

「何か、特別のことがあったんだね」

「きっと、さがしてた物を見付けたのよ」

中西は、身を乗り出した。

「それは確かかね？」

「そう訊かれると、困ってしまうけど……」

「いや、いいんだ。もちろん、漠然《ばくぜん》とした印象でいい」

「普段はとてもいい御爺《おじい》さんって感じなのよ。ところが、あの日、何時頃だったかしら。

たぶん……午後にはなってたと思うのよね。——そう！　間違いないわ。あの頃は、私、学校が試験で、遅く来てたから」

と、娘は言った。

「あの人、いつものように、その席で、外を見てた。で、コーヒーの三杯目を出そうとしてたら、突然立ちあがってね、そして、何を話しかけても、全然耳に入ってないのよ。青ざめて、呼吸まで粗くなって……。具合でも悪いのかと思って、びっくりしちゃった」

「それで、久米さんは、何か言ったかね？」

「何も。ただ、それきり来なくなったわ」

「なるほど」

聞いていた郁子と山岡は、顔を見合せた。

「きっと本当に父は犯人を見付けたんだわ」

「そうらしいね。後は、その日付がはっきりすれば、調べがつくよ」

中西が、

「それは、何月何日だったか、憶えてる？」

と訊いた。

「ええと……」

と、娘は考えこんだ。「すぐには分らない。でも、うちに帰れば分るわ」

「ぜひ、調べて来てくれないか。とても重要なことなんだ」

「ええ、いいわ」

娘は、快く承知した。

「今から、すぐに」

「そんなの、無理よ!」

娘は、目を丸くした。

中西は首を振った。

「いいかね、これは一刻を争うんだ。君の証言で、一つの殺人事件が解決するかもしれない」

「そんなに大事なことなの?」

娘は、緊張した面持ちで、
と、言った。

「そう。とても大事なことなんだ」

「分ったわ」

娘は肯いた。「でも、この店が空っぽになっちゃうわ」

「閉めていけばいい」

「クビになったら、警察で保証してくれるわね」

と、娘は愉快そうに言った。

「ああ、大丈夫。心配するな」

と、中西は、微笑《ほほえ》んでみせた。

「じゃ、すぐに行ってくるわ」

娘は、エプロンを外して、「閉店の札を出しておくから」

と言って、出ていった。

郁子は胸の高鳴りを感じながら、思わず山岡の腕をしっかりと、つかんでいた。

「大いに可能性があるね。これで、問題のオートバイが、いつ修理にきたか分れば、あの工場の記録で客の名前が分るだろう」

「それが犯人なのね」

「そう単純にいくかどうかは、分らないが、少なくとも犯人と何らかの関係がある人間であることは確かだ。大きな手掛かりだよ」

山岡も、郁子に劣らず興奮していた。

単に、郁子の父親を殺した人間が分るだけでなく、郁子を殺した犯人まで、同時に分ることになるのだ。

それにしても、何という人物だろう。娘を強姦《ごうかん》して殺した上、その父親まで葬り去るとは……。どんなに憎んでも憎みきれない、とは、こういうことを言うのだろう。

それだけに、郁子の興奮がいかにも、無理からぬことと思える。

中西は、さすがにベテランの刑事らしく、もちろん内心では犯人を追い詰めた興奮を覚えているのだろうが、見たところ、全く平然として、娘の戻るのを待っていた。

「早く帰ってこないかしら」

郁子は、待ちきれない様子で、苛々《いらいら》と店の中を歩きまわっている。

「まあ、そう近いわけじゃあるまい」

と、山岡は、なだめたが、しばらくすると、彼自身ちょっと不安になり始めた。

中西も同じ思いだったらしい。急に立ちあがると、店のカウンターの奥へ入って行った。

そして、勝手にあちこちの引出しをあけている。

「どうしたの？」

郁子が不安そうに訊く。

「分らない。しかし、遅すぎるよ」

山岡は眉を寄せて言った。

何があったのだろう？　しかし、まさかあの娘にまで……。

中西は、どうやらあの娘の住所を調べていたらしい。

やっと見付けると、電話へ駆け寄り、すぐにダイヤルを回した。

「——ああ、南さんのお宅ですか。——礼子さんは……。——警察の者です。——そうです。私がお願いしました。――そうですか。では、もうそちらを出られているんですね。このお店まで、どれくらいかかりますか?――そうですか。――分りました。いや、もう少し待ってみましょう」

中西は、受話器を置くと、一瞬考えて、それから、山岡が驚くような勢いで、店から飛び出して行った。

「僕らも行こう!」

山岡は、郁子を促して、中西の後を追った。

中西は走っていた。その様子は、郁子たちを不安に陥れるに充分な緊張感に満ちていた。

「何があったの?　まさか――」

「分らないよ。分らない」

山岡は、ただ前を行く中西の背中だけを見ていた。

突然、向うから、誰かが叫びながらはしってきた。どこかの主婦だ。

「あそこで……刺されて……女の子が……」

中西が、その主婦をつかまえた。

「どこです!　その場所は!」

「あ、あ、あっちよ、あっち」

主婦の方も動転していて、口をパクパクさせるばかりだ。

中西は突っ走った。――だが、どんな疾走も、時間を逆に戻すことはできない。――狭い露地で、あの娘は、刺されていた。腹が血に染まり、すでに手の施しようがなかった。

「ひどいわ！　ひどい……」

郁子は、叫ぶように言った。

中西も、あまりのことに呆然《ぼうぜん》としていた。

もちろん、山岡も同じことである。しかし、これは一体どういうことだろう。

中西が、あの娘に話をして、何日もたっているというのならともかく、たった今、山岡たちの目の前で話しただけではないか。それなのに……。

中西は、まだ青ざめていたが、やっと我に返った様子で、ちょうど通りかかった男に、急いで警察へ連絡してくれるように頼んでいた。

「大丈夫かい？」

山岡は郁子のことが心配だった。

「ええ……。何とか」

郁子は、大きく息をついた。「こんなことになるなんて！」

「全く、ひどいもんだ。犯人は人間じゃないよ」

「違うわ！」

と郁子は激しく叫んだ。「人間なのよ。犯人は、ごく当り前の顔をした人間なのよ！」

郁子は、両手で顔を覆った。

山岡が肩を抱くと、郁子は、力一杯、山岡へすがりついて来た……。


何とも、気の重い夜が来た。

南礼子という、殺された娘の家へ、中西は事件を知らせに行った。その悲惨な場面は、とても郁子には見ていられなかった。

しかし、一方で、事件は既に、警察の日常的な仕事の中で進みつつあった。

目撃者捜し、現場近くの捜索、指紋……。

「――あの娘は日記を持って出ていたんだそうだ」

と山岡は言った。

「じゃ、それがなくなってるのね？」

「そうだ。犯人は、あの娘から日記を奪うために、彼女を殺した。――でも、なぜ犯人に分ったんだろう？」

「そこが謎《なぞ》ね」

やっと郁子も、元気を取り戻していた。沈んでいた瞳《ひとみ》に、怒りが光っている。

「あのとき、たまたま外で、話を聞いていたのかな」

「そうかもしれない。でも、私は気が付かなかったわ」

「僕もだ」

「他に可能性はある？」

山岡は考えこんだ。

経営者としては優秀でも、山岡は名探偵ではない。あまり理屈でものを考えるのが得意でなかった。

「分らないなあ、どうも」

「私にもだわ。見当がつかない」

郁子は、不安そうに言った。「心配なのは和美のことなの」

「妹さんのこと？」

「ええ。犯人は私と父を殺したわ。だから――」

「妹さんを？　まさか！」

「もし、あの子が、何かに気付いたら、分らないわ」

「何か、って？」

「犯人の手がかりのようなものよ」

「うん、それは考えられるな」

「あの子が危くなったとき、私にはどうすることもできないんだわ」

郁子は、一言一言、かみしめるように、言った。

「大丈夫だよ。警察だってついてる」

「でもあの女の子は殺されたわ」

「それはそうだけど……」

郁子は、もうすっかり暗くなった殺人現場に立っていた。

道に血溜《ちだま》りができて、今は黒い水たまりのように見える。――改めて、郁子と山岡は、重苦しい気持で、顔を見合せるのだった……。

敵か味方か

「まだ戻らんのか！」

竹井が不機嫌に怒鳴った。

電話を相手に怒鳴っても仕方がないだろうが、竹井はムッとした顔で、

「分った！」

と受話器を叩《たた》きつけた。

「どうしたのかしら？」

と郁子は言った。

「さあね」

山岡が肩をすくめる。

あの悲惨な殺人の翌日、郁子が、自分から山岡の会社へ行こうと言いだしたのだった。

「でも事件の方は？」

と山岡が言うと、

「少し頭を切りかえたいの。でなきゃ、おかしくなりそう」

と、郁子は言った。

それはそうかもしれない、と山岡は郁子と共に会社へやって来たのだった。

竹井は、ひどく苛立《いらだ》っている。

――何があったのだろう？

少しして、理由が分った。多木がやって来たのだ。

「どうしたんだ」

竹井は口を開くなり、問い詰めるように言った。「昨日は休みを取ったというから、自宅へ電話をしたが、帰っとらんというし――」

「申し訳ありません」

多木は、ちょっと照れたように、「実は前の晩に飲み過ぎて倒れてしまったんです」

「大崎とか？」

「まさか」

と多木は苦笑した。「あの人と飲んでも、一向に楽しくはありませんからね」

「じゃ、どこに泊ってたんだ？」

「ホテルです。もちろん一人ですよ。気分が悪くて、およそ帰る気になれなかったんですよ」

「君らしくもない」

「慣れてないから、却《かえ》ってこの始末なんですよ」

郁子はそっと言った。

「大崎の愛人の所で一日過ごしたのね、きっと」

「そうだろうな。しかし、そうは言えないしね」

「まあいい」

竹井は苦笑いして、「ところで、大崎との話は？　どうだったんだ？」

「お聞きにならなかったんですか？」

「とんだ所で邪魔が入ってな」

「そうですか。それは残念でしたね」

山岡は、多木が、素早く頭の中で計算しているのを見て取った。

多木は、竹井が当然一部始終を知っているものと思ってやって来たはずだ。ところが、竹井は、肝心のことは何も聞いていない。

多木としては、作戦変更の余地が与えられたわけである。

「どうなんだ？」

竹井が苛々した口調で訊《き》いた。

山岡は、多木の胸中がよく分った。

ここで大崎との話を竹井にぶちまけてしまうか、それとも、うまくごまかして大崎につくか。

正に思案のしどころである。

自分の将来がかかっているのだ。竹井にせっつかれたところで、そうやすやすとは返事ができない。

「何だ。どうした」

と、竹井は多木を見つめながら言った。

「いや、まだちょっと昨日の酔いが残っていまして……」

と、多木はごまかした。

そして、大きく息をつくと、

「まあ何ですね、話の内容そのものは、大体予想通りでしたよ」

「つまり、あいつも社長の椅子《いす》を狙っているというわけだな」

「そういうことです。いざというときは、味方になってくれと言われましたよ」

「ふん、身の程知らずめ」

と、竹井は、鼻で笑って、「で、どう返事をしたんだ?」

「考えさせてくれ、と答えておきましたよ。そうすぐに断るのも、何だか妙かなと思いましてね」

「それならいい。――他に何か言っていなかったか」

「はあ……。実はとんでもないことを言い出しましてね」

「ほう。面白そうだな。聞かせてくれ」

竹井が椅子に坐《すわ》り直した。

「それがちょっと……。きっと、向うも酔った勢いで言ったんじゃないかと思いますが……」

「言ってみろよ。どんな話だ？」

「奥様のことなんです」

「奥様……。誰の奥さんだ？」

「亡くなった社長の奥様です」

「あの未亡人か。それが何だ？」

「気安く言うな」

と、山岡は文句をいった。

「大崎さんの言うには、社長の地位を狙うには、あの奥様を味方につけておくのが得策だと……」

竹井は、大した関心も無さそうに肯《うなず》いて、

「そりゃまあ、いないよりはましかもしれん。だが、実際にはあまり役に立つまい」

「ぼくもそう思うんですが」

「そこでどうして君が出て来るんだ？」

「馬鹿げた話なんですよ。僕に奥様を誘惑しろというんです」

どういうつもりか、多木は、大崎の話の中で、祥子についての部分だけを話して聞かせた。

「あの人どうして……」

と、郁子が不思議そうに言った。

「何か考えがあるんだろう。先も読まずにしゃべる男じゃない」

山岡は、ますます分らなくなってきた。

竹井は、じっと多木の話を聞いていたが、やがて声をあげて笑い出した。

「そいつは傑作だ。――大崎にしては上出来の冗談だな」

「私も同感ですね」

と、多木も笑った。

「よし、分った。また大崎の奴が何か言って来たら教えてくれるな」

「もちろんです」

「頼りにしてるぞ」

多木が出て行く。――竹井は、ちょっとの間、閉じたドアを見ていたが、やがて吐き捨てるように言った。

「コウモリめ！」

「気が付いたのね」

と、郁子が言った。

「そりゃあ、竹井の方が、遥《はる》かに人の心を読むのが得意だからね」

と、山岡が肯く。

郁子は、ため息をついた。

「私、会社なんかに勤めなくて良かったわ」

「どうして？」

「まるでギャングかなにかの世界みたい。裏切ったり、裏切られたり……。人間を信じられない社会なんて、たまらないわ」

郁子は、ちょっと目を伏せて、「こんなことじゃだめね」

と、言った。

「どうして？」

「自分や父が……それにあの女の子まで殺されてるのに、まだ人間を信じるなんて言ってるんですもの」

「それでいいんだよ。それでこそ君なんだ」

山岡は、優しく郁子の肩を抱いてやった。

二人は、竹井が急に立ち上ったのでびっくりした。

「そうか……。気が付かなかったぞ」

と、独り言を言っている。「女房か。それは手だな」

「まあ、竹井さんまで、奥さんを？」

竹井なら、いい手があれば見逃しはしないだろう。しかし、不思議なことに、山岡は、多木が祥子に手を出そうとするよりも、まだ許せるという気がした。

しかし、残念ながら、竹井は、妻の好むタイプではない。

「あいつも敵か……」

竹井は、首を振って言った。

ドアが開いて、北山が、いやに元気よく入って来た。

「やあ、どうだね！」

「何が」

竹井は仏頂面である。

「社葬の準備だよ。決ってるじゃないか」

「俺は知らんよ。秘書に訊いてくれ」

北山は、そっとささやくように言った。

「社長の椅子は、私がいただくよ」

「何だって？」

北山は、口笛を吹きながら、出て行った。竹井は、呆気《あっけ》に取られてそれを見送っていた。

郁子は笑いをかみ殺して、

「北山さん、すっかり、奥さんと親しくなった気でいるのね」

「全く、あんなにおめでたい奴だとは思わなかったよ」

「ああいう人って、結構うぬぼれが強いから、コロッと騙《だま》されちゃうのね」

「インテリが泣くな、あんなことじゃ」

山岡と郁子は、廊下へ出た。

「——会社の中を歩くことなんかあったの？」

と、郁子が訊く。

「もちろんさ」

「社長さんって、専《もっぱ》ら、会議室ぐらいにしか出入りしないんだと思ってたわ」

「そういうタイプもいる。しかし、それじゃ社員を動かして行けないんだよ」

「そんなものかしら」

「ああ、そうだ——」

山岡は、ふと思い付いた様子で、「ちょっと寄って行こう」

「どこへ?」

山岡が入って行ったのは、コピーの機械が並んでいる部屋だった。

今は女子社員が一人、欠伸《あくび》しながら、コピーを取っている。

「ここでどうするの?」

と郁子が訊く。

「コピー室ってのは面白いんだ。みんなの噂話《うわさ》が一番よく耳に入る。その意味じゃ、情報交換室といった所なんだよ」

「でも、社長さんの目の前じゃ、何もしゃべらないでしょ」

「だから、こっちは入口の所で耳を澄ましているとかね」

山岡がニヤリと笑った。

「まあ、立ち聞きなんて性質《たち》が悪いわ」

と、郁子が山岡をにらんだ。

「僕の知っている社長は、社内のあちこちや、トイレに盗聴機をしかけてるよ」

「まあ」

郁子は目を丸くした、「本当に?」

「本当さ。誰が辞めそうだとか、こいつは不満があるとか、そんなことを探ってるんだ」

「ひどいのね。アンフェアだわ」

「君が怒ったって仕方ないよ。それが現実ってものだ」

「そんなこと言ったって――」

そこへ、もう一人、女子社員が入って来た。

「あら、珍しい」

「眠気ざましに。席にいても退屈でさ」

「コピー？」

「いいの。ゆっくりやって。待ってるから」

「そう。――ねえ、考えてる？」

「何を？」

「転職先よ」

山岡が、話を聞いて眉をひそめた。

「女の子たちはどうして腰を落ちつけないのかな」

と山岡が首を振る。「どこへ移ったって、同じようなもんなのに」

コピーの手を休めて、女子社員二人、のんびり話し込んでいる。

「色々、つてを頼ってるの。求人広告じゃあてにならないでしょ」

「そうね。みんなどうしてるのかしら」

みんな？　山岡は驚いた。そんなに、退職者が出るはずはないが。

「早い者がちよ。その内、ここが潰《つぶ》れたら、退職金も出なくなるわ」

「そうね。さっさとやめて、それからのんびり捜すかな」

「それがいいんじゃない？　私もそうしようと思ってるの」

「聞いた？　課長連中が、みんな関連会社を回って歩いてるんですってよ」

「へえ。就職の根回しかしら」

「そうよ。決ってるわ」

「いよいよ、この会社も先がない、ってわけね」

──山岡は呆気に取られて聞いていたが、

「おい、冗談じゃないよ！」

と、思わず口走った。

「何だか、もう倒産すると決っちゃったようね」

と、郁子が言った。

「そんなことがあるもんか！　これまでそんな危険はまるでなかったのに」

「でも、信じてるみたいじゃない、この人たち」

「参ったな」

と、山岡は首を振った。

「どういうこと？」

「つまり、噂ってやつさ。——僕が死んで、もうこの会社もだめだ、とか、したり顔で言った奴がいるんだろう。それが広まり、いつの間にか『会社が危い』という話になってしまうんだ。怖いもんだよ」

「そんなこと耳にすれば、まさか、とは思っても、心配でしょうね。やっぱり家族のことなんか考えると……」

「うん。気持は良く分る。しかし、これをこのまま放っておくと、大変なことになるぞ」

「どうして？　別に潰れなきゃいいんでしょう」

「話が、社内の人間だけに止まっている内はいい。しかし、やがては外へ洩《も》れる」

「するとまずいの？」

「まずいね。取引き先は、うちに万一のことがあるといけないと思って、取引き停止にするだろう。銀行も、うちへの貸付をストップしてしまう。——そうなると、噂が本当になる。つまり、潰れてしまうこともあるんだ」

「まさか！」

郁子は目を見張った。「でも、そんなことになる前に、竹井さんたちが何とかするでしょう？」

「それはどうかな」

山岡は首を振った。「竹井も北山も大崎も、みんな、今は社長の座しか眼中にない。社員たちの様子まで気にしちゃいないよ」

「じゃあ、どうするの？」

「知らんよ」

と、肩をすくめたものの、山岡としては複雑な心境である。

いくら、もう死んでしまって、関係がないとはいうものの、何といっても、自分の会社である。それなりに愛着もあり、幽霊になってからでも、会社が崩壊して行くのを見ることは辛《つら》かった。

「しかし……何とかしたいと思ったって、どうにもできないしな」

と、山岡は未練がましく呟《つぶや》いた。

「そうねえ。――でも悔しいでしょ、せっかくここまでにしたのに」

郁子の優しい言葉に、山岡は打たれた。

「ありがとう」

山岡は郁子の肩を抱いた。「――しかしね、会社ってのは、堤防みたいなもんでね。針の穴のように小さな穴から、水がじわじわとしみ出る。それが一気に広がって、堤防が決壊する。――大して時間はかからないんだよ」

「何とかならないのかしら？」

「こっちが注意を促してやりたくても、その方法がない。どうにもならないよ」

と山岡は、まるで自分に言い聞かせるように言った。

「そうね」

郁子には、山岡の気持が良く分る。いや、自分はOL生活を体験したわけではないが、それでも、せっかくここまで築き上げて来た会社が、目の前で脆《もろ》くも崩れ去ろうとしているという、山岡のやり切れない思いは、理解できた。

何とか方法はないものだろうか……。

竹井は、その日の帰り、病院へ、明子を見舞った。

「——何だ、寝てなきゃだめじゃないか」

病室へ入って竹井が言った。明子は、椅子に坐ってTVを見ていたのだ。

「だって、退屈なんだもの」

と明子は言った。「——お帰りなさい」

明子は竹井の首へ両腕をかけて、キスした。竹井が笑いながら抱きしめると、

「だめ——乱暴にしないで」

と、明子は反射的に身をよじった。

「どうしたんだ?」

竹井が、ちょっといぶかしげな表情になって、「おい、まさか——」

明子がためらった。

郁子は、竹井と一緒にやって来て、その様子を眺めていた。

明子があわてて目をそらしたのが、答えのようなものだった。

「そうか。——そうだったのか」

竹井は肯いた。「今、何か月だ?」

明子は、ベッドに腰をおろした。

「四か月。——お願い。堕《おろ》せなんて言わないでね」

明子の目が、じっと竹井を見つめる。

郁子は、一瞬、緊張した。竹井の「正体」が、ここで分るだろう、と思った。

竹井は、迷っている。それは当然のことだ。しかし、決断は早かった。

「そんなこと言うもんか」

明子の隣に坐ると、「体を大事にして、ちゃんと産んでくれ」

と、明子の肩を抱く。

「——良かった!」

明子は、大きく息を吐き出すと、竹井の肩へ、頭をもたせかけた。「あなたにどう言われるかと思って、気が気じゃなかったのよ、私」

「信用がないなあ、俺も」

と、竹井は笑った。

明子も一緒に笑ったが、急にちょっと顔をしかめて、下腹部を手で押えた。

「どうした?」

「ちょっと痛むの。大丈夫よ。ごくたまに、なの」

「寝てた方がいいぞ。――さあ。おとなしくして」

「ええ。そうするわ。TVを消してくれる?」

「いいよ」

竹井がTVを消しに行く。ドアが開いて、小田切医師が入って来た。

「やあ、おいででしたか」

「あ、先生。これはどうも――」

竹井が挨拶《あいさつ》をして、「支払いの方が気になっておるんですが」

「ああ、それでしたら、ご案内しますよ。どうぞ」

と、小田切が病室を出る。

竹井も、明子へ、

「また後で来るからな」

と声をかけて、廊下へ出た。

「竹井さん」

小田切が振り向いた。「ちょっとお話があるのですが」

「何でしょうか？」

「私の部屋へ、どうぞ」

郁子は、いやに深刻げな小田切医師の表情が気になった。

本やメモに埋りそうな机につくと、小田切は、竹井へ、椅子をすすめた。

「――あの子とあなたとのご関係はうかがっています」

「そうでしょうな」

と竹井は肯いた。「今、あれから、妊娠していると聞きました」

小田切は、言い出しかねるような表情で、竹井を見つめていた。

「何か問題でも？」

と竹井は訊いた。

小田切医師は、どう切り出したものか、と迷っている様子だった。

「はっきり言って下さい」

と竹井は肩をすくめて、「私は少々のことに動じるような男じゃありません」

「分りました」

小田切は息をついて、「実は、精密検査の必要があるのです」

と言った。

「精密検査？　あの元気な子をですか」

竹井は笑みを浮かべながら言った。「一体どこが悪いとおっしゃるんです？」

「ガンの疑いがあります」

聞いていた郁子が、思わず声を上げそうになった。

竹井は、しばらくポカンとして、小田切を見ていた。そして、スッと顔から血の気が引く。

「まさか！　そんな馬鹿な！」

と、言葉が押し出されるように出て来る。「あの子はあんなに若いんですよ」

「今は若い人の間に、患者が増えているのです」

と小田切が肯いて、「昔のように四十過ぎてから、心配すればいいという時代ではないのですよ」

「それにしたって――」

竹井は、大きく呼吸して、「検査の結果、何でもないということだって、あるわけでしょう？」

「もちろんです。しかし――」

小田切は首を振りながら言った。「おそらく間違いないと思います」

竹井は、無意識の内に、膝《ひざ》の上で手を握ったり開いたりしている。

「その——万一、そういうことになると——」

「手術ということですね。結果を見なければ、何とも言えませんが」

小田切の言い方は、どこか微妙なものがあった。さすがに竹井は、それを聞き取っていた。

「それはつまり——手術の必要があるかどうか、ということですか」

小田切は、ボールペンを手で弄《もてあそ》んでいた。

「いや」

と、首を振って、「手術で助かるかどうかです」

竹井は、目を大きく見開いた。

「そんなに……？」

「どうも、その可能性が強いのです。——もちろん、私の間違いということもあります。そう祈っているのですが」

竹井は、目を閉じた。固く唇を結んで、何かに堪えているようだった。

「ともかく——」

と小田切は言った。「明日、検査をします。結果が出るのに一週間ほどかかるでしょう」

「一週間……」

と、竹井は呟いた。

心乱れて

竹井は、明子の病室へ戻って行った。

郁子は、何だかついて行くのがためらわれたが、しかし、そうしないではいられなかった。

「あら、もう済んだの」

と、明子は週刊誌をわきへ置いた。

「目が疲れるぞ。少し眠った方がいい」

と、竹井は言った。

心なしか、言葉に力がない。

「どうしたの？　疲れてるみたいよ、あなたの方こそ」

「俺のことはどうでもいい」

と、竹井は苦笑した。

「ねえ」

「何だ？」

「さっき、小田切先生が、明日検査をするって言いに来たの。いやだわ、あれこれ引張り回されるの」

「仕方ないじゃないか」

「早く退院したいのに。——しなきゃだめなのかしら？」

「患者は医者の言うことを聞いとくもんだ」

「ベッドの中であなたの言うことを聞くみたいに？」

と言って、明子は笑った。

「そうだ」

竹井は明子の上にかがみ込んでキスしてやった。

郁子は、胸を締めつけられるような気がした。——あの医師の話からみて、明子は、かなり悪いらしい。

この若さで。——彼女の笑顔が屈託なく、無邪気なほどに、それは哀しく見えるのだった。

何でもなかったんだよ、と笑い事で済めばいいのにと、郁子は思った。

「——それは気の毒だなあ」

と、山岡は言った。

「竹井さんもシュンとしちゃって。見てるのが辛《つら》かったわ」

「みんな、それぞれに悩んでるんだな」

と、山岡は独り言のように言った。

そう。――山岡は、自分の会社が危いので、気が気ではない。郁子は、自分や父を殺した犯人が、今度は和美を狙うのではないかと思うと不安でならない。

誰しも、自分の悩みをかかえて生きている。いや、山岡と郁子は生きていなかったが……。

「殺人事件の方に頭を切り換えようか」

と、山岡は言った。「妹さんのことは大丈夫だよ」

「え？」

「警察から人が来ている。妹さんの身を警護するということらしい」

「まあ。じゃ、あの刑事さんが？」

「そうらしいよ」

郁子は、胸を撫《な》でおろした。

もちろん、警察がついていてくれても、絶対に安全というわけではないが、中西刑事としても、今度は大いに用心してかかるだろう。

「でも、あの謎《なぞ》は解けないわね」

と、郁子は言った。

南礼子が殺された事件を言っているのである。

「中西の後をついて行ってみたんだ。どうやら、この何か月かの、オートバイの修理に来た者を全部当ってみるらしいよ」

「まあ！　全部？」

「かなり人数はいるだろう。ともかく、バイクに乗っている若者は多いからね。しかし、時間をかければ、全部に当るのも、不可能じゃない」

「早くやってほしいわ」

「そうさ。中西だって急ぐだろうよ」

山岡は、郁子の肩を抱いた。

二人は、山岡の家の前まで来ていた。

「さて、女房の顔でも見て行くかな」

「会いたいんでしょ」

「まあね。――愛とか恋とかいうのとは、ちょっと違うんだ。女房に会うことで、生きていたときの僕に会うような――そんな気分なんだ」

「分るわ。私、邪魔なら、どこかへ行ってるわよ」

「いや、構わないよ。むしろいてほしいね。寂しくてたまらなくなったとき、そばにいてほしい」

「私みたいな子供でも？」

山岡は微笑《ほほえ》んだ。——二人はキスした。

郁子は、唇が離れると、

「選択の余地がなくてお気の毒」

と言った。

「そんなことはないさ」

「いいえ」

と、首を振って、「誰か、もっと大人の女の人が私たちの世界へやって来たら、あなたはそっちへ行っちゃうわ」

「信用がないんだな」

「そうよ。男なんて浮気だもの」

そう言って、郁子は笑った。

「——あれ、祥子だ」

と山岡が言った。

祥子が、家から出て来る。外出らしい。

「どこへ行くんだろう？」

「ついて行ってみる？」

「そうだな。——タクシーが来たぞ」

タクシーが来て、祥子が乗り込む。郁子と山岡も同乗することにした。

「銀座へやって」

と、祥子は言った。

何やら、緊張した面持ちである。

「何があったのかしら？」

「分らんね」

山岡は首を振った。何かあったのは確かだ。しかし、それが何なのかは見当もつかない……。

祥子は、タバコを取り出して、火を点《つ》けた。

吸い方にも、苛々《いらいら》した気分が、現われている。

「銀座はどの辺ですか？」

と、運転手が訊《き》く。

「Tホテル」

祥子はぶっきら棒に答えた。

「またホテルか」

山岡がうんざりしたように言った。

「でも、逢引《あいびき》ってわけでもなさそうよ」

と、郁子は言った。

「うん……。しかし、気になるな。一体何の用事で――」

タクシーは、都心部へと入って行く。

銀座の辺りは、夜になっても車が多い。近くまで来て、タクシーは信号に引っかかって
なかなか進まなくなった。

「――停めて。降りるわ」

と、祥子は言って、ハンドバッグを開いた。

「まだ少しありますよ」

「いいの、歩くから。いくら？」

祥子は、つりも取らずに、外へ出ると、まるで走るように歩き出した。

「見失っちゃいそうだわ」

郁子は、山岡と一緒に、あわてて、祥子の後を追った。

幽霊なのだから、人とぶつかりそうになっても、別によける必要はないのだが、つい、
反射的に身を横にして歩いている。

しかし、幸い、祥子が赤信号に引っかかっているところで、追いつくことができた。

「やれやれ」

山岡は息を弾ませている。「幽霊だって、少しはくたびれるんだ。そいつを考えてくれなくちゃ！」

「ほら、赤なのに渡っちゃうわ」

「危いな！」

「私たちは大丈夫よ。行きましょう」

祥子はTホテルのロビーに入ると、足を止めて、素早く左右を見回した。そして、奥の方に並んだ電話ボックスに目を止めると、足早に歩いて行く。

「電話をかけにこんな所まで来たわけじゃないだろうな」

と山岡は言った。

「まさか！」

——祥子は、一番右のボックスへ入ると、受話器には手を触れず、その下のメモ用紙を手に取った。パラパラとめくって行く。

何十枚めかに、ボールペンの走り書きがあった。

〈一〇二四号室〉

「ルームナンバーね。何なのかしら」

と、郁子が覗《のぞ》き込んで言った。

祥子は、その一枚を、乱暴に破り取ると、手の中でギュッと握り潰《つぶ》した。そして、ボックスを出て、エレベーターの方へと歩き出した。

果して、問題の部屋では、誰が祥子を待ちかまえているのか？

祥子と共に、エレベーターで十階に上りながら、山岡と郁子は、何となく、重苦しい気分で黙り込んでしまった。

「十階よ」

と郁子が言った。

廊下は静かだった。祥子は、案内図を見て、歩き出した。一〇二四号室は、廊下の大分奥の方だった。

そのドアの前で、祥子は足を止めた。チャイムを押そうとして、ちょっとためらう。

それを振り切るように、直接、ドアを叩《たた》いた。

中に人の気配がして、ドアが開いた。

「お待ちしていました」

背広姿で立っていたのは、多木だった。

「あなただったの！」

祥子も知らなかったらしい。目を見開いて、声を上げた。

「ゆっくりお話ししますよ。ともかく中へどうぞ」

祥子は、一つ息をつくと、部屋へ入った。――ツインの広い部屋である。

「何か飲物でも取りましょうか」

と、多木が訊いた。

「結構よ」

祥子はソファに坐った。「――いいわ、それじゃ、水割りでもいただきましょ」

「では」

多木が、ルームサービスを頼んでいる間に、祥子は、苛立ちを鎮めているようだった。

「何か頼んだ方がいいと思ったんだな」

と、山岡が言った。

「どうして？」

「ルームサービスの係が来るじゃないか。それなら、多木も妙な真似ができない」

「あ、そうか」

と郁子が肯《うなず》いた。

多木は受話器を置くと、祥子の方へ向いて、言った。

「こんなやり方でおいでいただいて、申し訳ありません」

「どういうつもりなの？　私が主人を殺した証拠を握っている、ですって？」

多木は微笑んだ。

「そんなはずがないことは、私も良く分っています。しかし、そうでも言わなくては、奥さんとこうしてお会いすることもできないだろう、と……」

「呆《あき》れた人ね」

と、祥子は首を振った。「あなたはもっとまともな人かと思っていたわ」

「まともな人間でも、恋をすれば狂いますよ」

祥子は目を見開いた。

「——何ですって？」

「私は前から奥さんが好きだったんです」

と、多木が言った。

何とも手のこんだ求愛である。山岡は呆れて、言葉もなかった。

「どういうつもり？」

と、祥子は多木へ言った。「私を好きで、二人で話をしたいというんで、こんなややこしい呼び出し方をしたの？」

「そういうことです」

多木は平然と肯いた。「他に方法がなかったんですよ。こんな部屋へ来て下さいとお願いしても、断られるに決ってるでしょうからね」

「何も、いきなり部屋に呼ばなくたって、いいでしょう」

と、祥子が言い返した。「最初は食事に誘うとか、順序ってものがあるんじゃないの？」

「しかし、もしですね――」

「もし、何なの？」

「もし、奥さんの方でも私のことをひそかに想っておられたとしたら」

「何ですって？」

「いや、もしも、です。そうだとしたら、食事をしていて、いざホテルに泊ろうということになってから、部屋を捜しても、一杯で取れないことがあるでしょう。だから、念のために。――少々、手回しが良すぎたかもしれませんが」

呆れ顔で多木を眺めていた祥子は、やがて声を上げて笑い出した。

「――驚いた！　あなたって、ユニークな人なのね」

「ありがとうございます」

「誉《ほ》めたわけじゃないのよ」

「関心を持っていただいたのは、ともかく一歩前進です」

多木は大真面目な顔で言った。

「私が帰ると言ったら、襲いかかるつもりなの？」

「とんでもない！」

と多木は首を振った。「お宅までお送りしますよ」

「部屋がむだになるわよ」

「一人で寝ます。――奥さんを力ずくで言うなりにさせようなんて、考えてもいませんよ。でも、せめて水割りの一杯は飲んで帰って下さい。せっかく注文したんです。もったいない」

「そうするわ」

と、祥子は少し寛《くつろ》いだ様子で言った。

ルームサービスのウイスキーのセットが来た。多木は、祥子に水割りをつくってやった。

「うまいわね」

と郁子は言った。「ごく自然に、奥さんの警戒心を解いてしまったわ」

山岡も、同感だった。どうやら多木は、相当のプレイボーイのようである。

祥子の目は、明らかに多木を、男として興味のある目つきで見ている。山岡はいささか不安になって来た……。

「――つまらなかったわ。毎日、あの人は帰りも遅いし」

「忙し過ぎたんですよ」

と、多木が言った。

「そうね」

祥子が肯く。「急ぎ過ぎて死んじゃったなんて……。あの人らしい死に方だわ」

「もう一杯、いかがです？」

「ああ。でも、やめておくわ。そうね、もう一杯ちょうだい」

祥子はもう五、六杯は飲んでいた。――すっかり酔って、トロンとした目をしている。

「奥さん、大丈夫かしら？」

と郁子は言った。

「参ったな」

と、山岡はため息をついた。

こんな所に伏兵がいたとは、思ってもいなかったのである。

「私だってね、浮気の一つぐらいしてみたかったわ」

と、祥子は、少々ろれつの回らなくなった口で言った。「でも――やっぱり古いのかしらね、私。主人が生きている限りは、そんなこと、しちゃいけない、と……」

「それでこそ奥さんですよ」

と、多木が言った。「僕も、奥さんのそういうところにひかれたんです」

祥子は声を上げて笑った。

「うまいこと言うわね！　そんなこと聞いて腹も立てないのは、酔ってるせいね、きっと」

「ご主人がなくなって、もう奥さんは自由ですよ」

この野郎、と山岡は、多木の頭めがけて拳《こぶし》を振り回したが、もちろん、それは素通りするだけであった。

「自由。——そうね」

祥子は、ソファに、ぐったりと体をもたせかけた。「でも、束縛されているから、自由って素敵に見えるのよ。分る？　子供がオモチャを欲しがるのと同じだわ。手に入れてしまうと、もう興味がなくなる……」

「興味がないんですか？」

「ない、とは言わないけどね」

祥子は、グラスを空にして、「さ、もう帰らなきゃ」と、立ち上ったが、そのままフラフラと多木にもたれかかった。

「奥さん、大丈夫ですか！」

多木があわてて抱き止める。

「ええ……。帰るわ、今日は帰るからね」

「分ってますよ」

「そう……。あなたは物分りがいい人だわ。あの人は、自分勝手で——自分のやりたいときに、私の気持なんておかまいなしにベッドに引きずり込んだわ……」

祥子は、多木に、いきなり抱きついた。

「ねえ、今夜、ここに泊っていってもいいわ、私！」

山岡は青ざめた。

これは北山のときとは違う。祥子も本気なのだ。

郁子が、言いにくそうに、

「私、外に出てるわ」

と、ドアの方に歩き出し、振り返った。

「あなたは？」

山岡は、じっと立って、多木の腕に抱かれている祥子を見ていた。

「――え？　何か言った？」

と、郁子を見る。

「外へ行くかな、と思って……」

「そうだな」

山岡はためらった。

考えてみれば、もう自分には祥子の不実を責める資格はないのだ。彼女は未亡人で、そして女盛りだ。

これからも、男なしで、まるで修道女のように暮せとはいえない。いつか、再婚もするだろう。それにいちいち嫉妬《しっと》してはいられない。

「そうだね、僕も外へ出よう」

と、山岡は言って郁子の肩を抱いた。

「それがいいわ」

郁子は、山岡の肩に頭をのせた。「私たちの世界は、別の所にあるのよ」

そうかもしれない、と山岡は思った。

ドアを通り抜けようとしたとき、

「いや、奥さん」

と、多木が言った。「今夜は帰った方がいい」

山岡は驚いて、郁子と顔を見合せた。

「どうして？」

祥子が、面食らったように訊いた。

「奥さんは酔ってるんだ。そんなときに泊っても、僕は嬉《うれ》しくありません」

「だけど――」

「送りますよ。さあ、ハンドバッグを忘れずに」

なぜか、多木は苛々している様子だ。

「どうなってるの？」

と郁子が言った。「これも手なのかしら」

「さあ」

と、山岡は首をかしげた。

狙った相手に、泊って行く、と言わせたのである。どんなプレイボーイだって、このチャンスを、みすみす逃しはしないだろう。

多木はなぜ急に気が変ったのだろうか？

これで酔いがさめてしまえば、もう祥子の方は二度と誘いに応じないかもしれない。

――多木は、祥子をかかえるようにして、部屋を出た。

ホテルを出ると、タクシーを拾い、山岡の家まで送って、照子に祥子を任せて、そのまま走り去った。

「――妙ね、何だか」

ここまでついて来た郁子が言った。

「ともかくホッとしたがね」

山岡は本音を言った。

「中へ入る？」

と郁子が訊いた。

「いや、あの酔い方じゃ、あいつ、すぐ眠っちまうだろう。妹さんの所へ行ってみようじゃないか」

と、山岡は言った。

「そうね。もう退院するだろうし」

二人は、山岡の家の前から歩き出した。

そこへタクシーが走って来た。

「あら――」

と、郁子が言った。「さっきのタクシーだわ」

「え？」

山岡が振り向く。――確かに、多木が乗っている。

タクシーは山岡の家の前で停ると、多木が降りて、

「ちょっと待っててくれ」

と、運転手に言っているのが聞こえた。

「忘れ物かな」

「そうでもないみたいよ」

と、郁子は山岡の腕をつかんだ。

多木は、門の手前で立ち止って、山岡の家を眺めていたが、やがて、塀《へい》に沿って歩き出した。

郁子と山岡がついて行くと、多木はぐるりと塀の外を回って、家の裏側へ出た。

「何してるのかしら？」

多木は、じっと立って、二階の窓を見上げているのだった。そして――それだけなのだ。

十分近くも、そうしていただろうか。多木は、深いため息をついて、ゆっくりと歩き出した。

そのまま表に出て、またタクシーに乗り、走り去る。

「様子が変ね」

「うん。そうだなあ」

と、山岡は首をかしげる。

「まるで――」

「え？」

郁子は、ちょっと肩をすくめた。

「まるで、ほら、少年時代に、ひそかに恋した相手の家を見に行ったときみたいじゃないの」

「なるほど」

と、山岡は肯いた。

確かに、今の多木の様子は、そんな印象だった。

「ねえ」

「何だい？」

「もしかして――多木って人、本気で奥さんを好きになっちゃったんじゃないのかしら？」

「まさか？」

と山岡は目を丸くした。

あのプレイボーイに、そんなことがあるだろうか？　もちろん可能性はゼロとは言えないにしてもだ。

「もし、そうだとしたら、厄介なことになるな」

と、山岡は言った。

多木が本気で、祥子の方も本気になったとしたら……。

和美の冒険

「おめでとう」

と、廊下をすれ違う看護婦の一人一人が、和美へ声をかけてくれる。

「お世話になりました」

和美は、いちいち挨拶《あいさつ》を返しながら、玄関へ向った。

「——良かったね」

と山岡が言った。

「ええ」

郁子としても、言葉がない。胸が一杯なのである。

退院日和《びより》、というのも妙だが、よく晴れた気持のいい日だった。山岡と郁子は、表に立って待っていた。

和美が出て来ると、わきから中西刑事がフラリと姿を見せた。

「あ、刑事さん」

「良かったね、おめでとう」

「おかげさまで」

と言ってから、和美は、「これで犯人が捕まれば、もっと良くなるんですけど」

と付け加えた。

「いや、君には参ったな」

と、中西は笑って、「退院祝いに昼食でもおごらせてくれないか」

「わあ、嬉《うれ》しい！　でも、月給日前じゃないんですか？」

「ご心配なく。私も、君にランチをおごるくらいの給料はもらってるよ」

中西が、和美の荷物を持ってやると、一緒に歩き出した。

近くのレストランで、和美はびっくりするほどの量のランチをあっさり平らげ、しかも後でパフェを取って食べた。見ている郁子の方が呆《あき》れてしまった。

「破産しそうだな、こっちが」

と、中西は笑いながら言った。

「ごちそうさま。コーヒー飲んでいい？」

「何十杯でもいいよ」

と言いながら、中西はチラッと、〈コーヒーのおかわりは自由です〉という貼り紙に目をやった。

コーヒーを飲みながら、中西は、和美にあの自動車修理工場の事件を話して聞かせた。

「じゃ、その人まで同じ犯人に？」

と、和美は頰を紅潮させて、「私、絶対に敵《かたき》を取ってやるわ！」

と言った。

「いや、そのために、君の身辺も、一応用心しなきゃいけない、ということになったんだよ」

「私、大丈夫です」

「そうはいかない」

中西は首を振った。「この上、君にもしものことがあったら、君のお姉さんやお父さんに呪《のろ》い殺されるよ」

「姉はお人好しだったから、そんなことありませんよ」

と、和美は真面目くさって、言った。

「ともかく、君には二十四時間、常に警官をつける。ちょっと窮屈だと思うが、がまんしてくれ」

「それじゃあ、デートもできないわ」

と和美がふくれて見せた。

「ともかく、長い時間じゃないよ。あの工場でオートバイを修理した客を一人一人当って行く。きっとその中に犯人がいる」

「分りました」

と、和美は肯《うなず》いた。「でも、もし見付からなかったら?」

「見付けるよ。——必ず、見付けてやる」

中西の口調は、いつになく力がこもっていた。

「——ねえ」

和美が何か思い付いた様子で、言った。

「ん?」

「思い付いたことがあるの」

「何だね?」

「私が、もし父と姉の復讐《ふくしゅう》をするために、犯人のことを調べ回ったら?」

「そんなこと危険だ。犯人は、かなり思い切ったことを平気でやる人間だよ。それはいけない」

「そこよ!」

と、和美は身を乗り出した。「罠《わな》をしかけるの。私を狙って、犯人が出て来る。そこを捕まえるの。どう?」

「君は——無茶なことを言う子だな!」

「どうかしら？」

「だめ」

「絶対に？」

「どうしても？」

「絶対にだめ」

「どうしても？」

「つまんないの」

和美は口を尖《とが》らせた。

「何言ってんのかしら、全く」

と、郁子は気が気でない様子。「人の気も知らないで！」

「若いんだね」

と、山岡は言った。「無鉄砲は、若さの特権さ」

「それにしたって――」

「中西刑事が、そんなこと、させやしないさ」

「そうね」

と郁子は肯いた。

「いいね？」

と中西が和美に念を押している。「くれぐれも、そんな向う見ずをするんじゃないよ」

「はあい」

和美はそう言って、「お友だちに電話して来ていい?」

と腰を浮かした。

電話は出入口のわきにある。和美は、歩きながら、そっと中西の方を振り返り、ちょっと舌を出した。

「まさか逃げ出すんじゃないでしょうね」

郁子は、あわてて、妹のあとをついて行った。

しかし、さすがに和美も、そこまでやる気はないようで、赤電話の所へ行くと、十円玉を五、六枚投げ込んだ。

「――もしもし、戸川さんのお宅ですか?――私、久米和美です。真也君、いますか」

戸川真也、ボーイフレンドかな?

郁子にはまるで聞き憶えのない名前だった。

「――あ、戸川君? 和美よ。――そう、今日退院したの。お祝いでも言ってよ」

割合に内気で、ボーイフレンドなんか、とてもできそうになかった妹だったが、今や、こうして平気で話している。

「――それでね、パーティをやろうと思ってんの」

と和美は言った。「みんなに声をかけてくれる？」

どうやら、向うもすぐに乗って来たらしい。

「じゃ、仕度はお願いね。私、飲物は用意しとくから」

と和美は言った。「アルコールはだめよ。分ってる？――よし！　じゃ、今夜、待ってるからね」

退院祝いのパーティを、当日の夜にやろうというんだから、呆れたものだ。

「今の子って面白いわね」

と郁子はため息をついた。

若いとはいえ、郁子でも、もう理解しがたい世代が成長して来ているのである。

「あ、それからね」

と、和美は、電話を切る前に付け加えた。「退院祝いは、現金にして、ってみんなに言っといて。そう貯金ないから、苦しいの。よろしくね」

和美は、電話を切って、さっさとテーブルの方へ戻って行く。

郁子は、ただ呆気《あっけ》に取られていた……。

席に戻ると、和美は、

「これからどうしようかな」

と言った。

「生活のこと?——親類はいないのかい?」

「東京には一人も。——でも私は大丈夫なんです。これまでも、父と二人だったから、全部家事は私がやってたんですもの」

「そうか。でも、君一人であの家に住むというのもねえ……」

「刑事さんの愛人になっちゃおうかな。マンション買ってもらって」

郁子は、

「馬鹿!」

と妹の頭へ拳《こぶし》を当てる真似をした。

「いや、とても、そんな身分じゃないんでね」

と、中西は笑いながら言った。

本当は笑っている場合ではない。そのことを、中西も和美もよく知っているはずだった。

「退院おめでとう!」

キャーキャーと女の子たちの甲高《かんだか》い声が響く。

和美の家である。——和美の家というのもおかしいが、実際、和美一人しか住んでいないのだから、仕方あるまい。

しかし今は百人——というのはオーバーだが、その騒がしさからすれば、百人でも少ないかと思うほどのにぎやかさだった。

集まっているのは、和美の友人、七、八人で、大体が女の子。男の子が二人、入っていた。

「さあ、これ食えよ」

「ね、これママが作ってくれたの！」

「毎晩、夕ご飯食べにおいで、ってママが言ってたよ」

「あら、ウチの夕ご飯の方がおいしいわよ」

「何よ、失礼ね！」

——和美は、笑いながら、嬉し涙を流していた。

もらい泣きしていたのが、それを眺めている郁子である。幽霊だって涙くらい流すのだ。

「いい友だちが沢山いるね」

と山岡も感激の様子だった。

「幸せだわ、和美は」

持ち寄った料理をみんなできれいに平らげ、ジュースやコーラの「二次会」と続いて、時間は八時。

「あ、もう遅いから、みんな帰って」

と、和美が言った。「お家の人に怒られちゃう」

「そうね。じゃ、また来るわ」

「どうせ明日、学校で会うんじゃない」

口々におしゃべりの続きで笑いこけながら、みんな帰っていく。

「じゃあ、気を付けてね」

と和美は手を振った。

「バーイ、また明日!」

「宿題、見せてね」

「OK! 任しといて」

チャッカリしてんだから、と郁子は苦笑した。

和美は一人になると、後片づけを始めた。

といっても、紙皿、紙コップだ。捨てるだけだから、そう手間はかからない。食べ残しや何かを大きなビニール袋に入れて、表に持って出る。

生ゴミ用のポリバケツへ投げ込んで、見回すと、道の向う側に、手持ちぶさたに立っている若い男がいた。——中西がつけた刑事である。

「ご苦労さま」

と、和美が声をかけると、若い刑事はちょっと照れくさそうに会釈した。

和美は家の中に入って、鍵をかけた。

郁子はギョッとした。家の中に誰かいるのだ！

「和美、危い！」

思わず叫んでいた。

ヒョイと、誰かの顔が覗《のぞ》いた。

「真也君、うまく入れた？」

と和美は言った。

「うん、でも窓から入るのって、何だかいやだなあ」

さっきの「退院祝いパーティ」に来ていた、和美のボーイフレンドである。郁子はホッと胸をなでおろした。

「坐《すわ》って。コーヒーでも飲む？」

「うん。甘くなくていいよ。もう胸が一杯だもん」

「なかなか二枚目じゃないか」

と、見ていた山岡が言った。「それにスポーツマンタイプだ」

「私に似てもてるのよ」

と言って、郁子は笑った。「和美の方が、ずっと男の子には人気があったのよね、もともと」

「しかし、どうしてこの彼氏、窓からなんか入って来たのかな」

「さあ……」

戸川真也が、坐り込んで、

「表にいたの、刑事さん？」

「そうよ。真面目そうな人でしょ」

「よく見なかったよ」

と、真也は言った。「ところでさ、何だよ、内緒の話って」

和美は、インスタントのコーヒーを、真也の前に置くと、

「貸してほしいの」

と言った。

「ええ？　だめだよ！　俺、金ないよ」

「馬鹿ね。誰も君にお金があるなんて思ってないわよ」

真也はむくれて、

「悪かったな」

「力を貸して、と言ってるの」

「それならいいや」

とホッとしたように、「何するの？　荷物でも運ぶのか？」

「犯人を捜すの」

「犯人？　犯人って？――犯人の犯人？」

「何よ、それ」

「つまり――」

「お姉さんとお父さんを殺した犯人を捜すのよ」

「へえ。どこにいるんだ？」

「それを捜すんじゃないの」

「あ、そうか。――でも、どうやって？」

「事情、説明するね」

和美は、中西刑事の話を、真也へ聞かせてやった。

「じゃ、あの女の子が殺された事件も？」

と真也は目を丸くした。「ひどい奴だなあ！」

「ね。これは断じて許しちゃおけないじゃないの！」

「同感。でも、俺たちで捜せる？」

「君のお兄さん、暴走族でしょう？」

「え？――ああ、でも、今は脱けてるよ」

「でもオートバイ仲間に顔は広いわよね」

と、和美は訊《き》いた。

「そうさ、兄貴は凄《すご》かったからな、以前は。でも、一度事故起こして、ピッタリやめちゃったんだ」

と、真也は言った。「だけど、今でもその手の仲間には顔が広いよ」

「そこを見込んで頼みがあるの」

と和美は言った。

「何だい？　兄貴、和美のファンだからな。今度のことだって、凄く心配してたんだぜ！」

「調べてほしいことがあるのよ」

全く、もう……。郁子は顔をしかめた。

「あんなに中西さんから、無茶をするなって言われているのに！」

「うん、危いな」

と山岡も肯く。「犯人は冷酷非情な奴だ。半分遊びのつもりでいると、殺されかねない」

「何とかして止めなきゃ！」

「しかし、僕らにはどうしようもない」

山岡は郁子の肩を抱いた。「中西さんもついている。大丈夫だよ」

「でも……」

と、郁子はためらった。

和美は、あの修理工場でオートバイを直している若者たちのことを、兄さんに訊いてくれ、と真也へ頼んでいた。

「その中に犯人がいると思うの。警察だって、もちろん調べていると思うけど、そんなグループのつながりはないから、手間がかかるでしょ」

「そりゃそうだよ。よし、任しとけ」

「頼んだわよ。できるだけ早くね」

「うん。今夜、言っとくよ」

真也は、ちょっと間を空けて、「――でも、気を付けろよな」

と言った。

「うん。大丈夫よ」

「今だって、俺、窓から入って来たんだぜ」

「鍵、開けといたからじゃないの。心配しないで」

「何なら、何人かで、毎晩交替で見張っててやろうか」

「お風呂覗くからいやあよ」

「馬鹿！　お前の裸なんか見たって面白くもないや」

と真也は真っ赤になって言った。

「やーい、赤くなったくせに！」

和美はキャッキャと笑った。

「いいなあ、あっけらかんとして、明るくて……。変にいじけてないし」

と、山岡は首を振った。「青春ってものが、変っちまったんだ」

「あら、年寄りじみたこと言うのね」

「からかうなよ」

山岡は、ふと、胸の痛みを覚えながら、言った。

「じゃ、悪いけど、また窓から出てよ」

と、和美は戸川真也に言った。

「うん。いいけどさ、それは。——見付かって撃ち殺されるなんてこと、ないだろうな」

「いくら刑事さんだって、そんなにやたら撃つもんですか」

「それならいいけど。——じゃ、おやすみ」

「撃たれたら、運が悪かったと思って諦《あきら》めてね」

と、和美は言った。

「ひどいなあ」

と、笑いながら、真也は、裏手の窓から表に出た。「じゃ、また明日」

「うん。よろしくね」

と、和美が手を振る。

自分たちで犯人を捜そうなんて、とんでもないことを考えて……。郁子は、何とかしてやめさせようと思ったが、その方法がない。

また鏡の中から呼びかけるか？　しかし、その方法は、よほど緊急のときでないと、不可能だと郁子にも分っていた。

和美は、窓を閉め、鍵をかけると、今度は玄関から始まって、全部の鍵を確かめて回った。

「用心深いのはいいことだな」

と山岡が感心して言った。

「でも、あんな無茶をやらかそうって言うんだもの……」

「なあに、みんな学校もあるんだ。大したことはできないよ。その前に、中西刑事が犯人を見付けるさ」

「だといいんだけど――」

そうなってくれなくては困る。

和美は、お風呂にお湯を入れると、服を脱ぎ始めた。郁子はあわてて、

「あっち向いてて！」

と山岡を押しやった。

「分ったよ。――残念だな」

山岡は愉快そうに言った。郁子が山岡の耳をギュッと引張ったので、山岡は飛び上った。

——和美は風呂から上ると、パジャマに着替え、台所から、何を思ったのか、果物ナイフと、家庭用の砥石《といし》を持って来た。

見ていると、砥石で、せっせとナイフの刃を砥いでいる。やすりを持ってきて、先端の丸味を、ガリガリと削って尖《とが》らせ、さらに、刃を砥いだ。

「——何やってるのかしら?」

「果物の皮をむくにしちゃ、ちょっとやり過ぎのような気もするね」

和美は、やっと満足した様子で、

「これでいいや」

と、呟《つぶや》くと、銀色の刃の方を手に持った。

そして、ちょっと振り向くと、ナイフを頭の上に振りかざした。

ヒュッと風を切る音がして、銀色の筋が一本走った。——郁子は目を丸くした。

ナイフが、カレンダーのど真中に、みごとに突き立っていたのである。

この作品は1985年1月集英社より刊行されました。

徳間文庫をお楽しみいただけましたでしょうか。どうぞご意見・ご感想をお寄せ下さい。
宛先は、〒105－8055　東京都港区芝大門2－2－1　㈱徳間書店「文庫読者係」です。

徳間文庫

幽《ゆう》霊《れい》物《もの》語《がたり》［上］

2010年7月15日 初刷

著者 赤《あか》川《がわ》次《じ》郎《ろう》

発行者 岩渕徹

東京都港区芝大門二―二―二〒105―8055

発行所 株式会社徳間書店

電話 編集〇三(五四〇三)四三五〇
販売〇四八(四五一)五九六〇

振替 〇〇一四〇―〇―四四三九二

印刷 凸版印刷株式会社

製本 東京美術紙工協業組合

ISBN978-4-19-893181-0 （乱丁、落丁本はお取りかえいたします）

徳間書店

死者は空中を歩く　赤川次郎
青春共和国　赤川次郎
死体置場で夕食を　赤川次郎
マザコン刑事の事件簿〈新装版〉　赤川次郎
待てばカイロの盗みあり　赤川次郎
昼と夜の殺意　赤川次郎
華麗なる探偵たち　赤川次郎
泥棒よ大志を抱け　赤川次郎
マザコン刑事の探偵学　赤川次郎
百年目の同窓会　赤川次郎
盗みに追いつく泥棒なし　赤川次郎
さびしい独裁者　赤川次郎
雨の夜、夜行列車に　赤川次郎
本日は泥棒日和　赤川次郎
クレオパトラの葬列　赤川次郎
泥棒は片道切符で　赤川次郎
マザコン刑事の逮捕状　赤川次郎
真夜中の騎士　赤川次郎
泥棒に手を出すな　赤川次郎

不思議の国のサロメ　赤川次郎
真夜中のオーディション　赤川次郎
マザコン刑事と呪いの館　赤川次郎
泥棒は眠れない　赤川次郎
泥棒は三文の得　赤川次郎
会うは盗みの始めなり　赤川次郎
壁の花のバラード　赤川次郎
マザコン刑事とファザコン婦警　赤川次郎
盗んではみたけれど　赤川次郎
死体は眠らない　赤川次郎
死はやさしく微笑む　赤川次郎
夜会　赤川次郎
泥棒も木に登る　赤川次郎
ひとり夢見る　赤川次郎
危いハネムーン　赤川次郎
卒業旅行　赤川次郎
眠れない町　赤川次郎
盗んで、開いて　赤川次郎
盗みとバラの日々　赤川次郎

おだやかな隣人　赤川次郎
盗みは人のためならず〈新装版〉　赤川次郎
世界は破滅を待っている　赤川次郎
心まで盗んで　赤川次郎
ぼくのミステリ作法　赤川次郎
静かな町の夕暮に　赤川次郎
たとえば風が　赤川次郎
真夜中のための組曲　赤川次郎
幽霊物語　上　赤川次郎
幽霊物語　下　赤川次郎
紺碧の艦隊　1　荒巻義雄
紺碧の艦隊　2　荒巻義雄
紺碧の艦隊　3　荒巻義雄
紺碧の艦隊　4　荒巻義雄
紺碧の艦隊　5　荒巻義雄
紺碧の艦隊　6　荒巻義雄
紺碧の艦隊　7　荒巻義雄
紺碧の艦隊　8　荒巻義雄
紺碧の艦隊　9　荒巻義雄